INK

一人漂流

阮 慶 岳

憶紀德三兩語代序

某夜，外面鑼鼓喧天不能工作，翻看架上舊書，因而重讀了紀德的《地糧．新糧》，少年時光翩然再現。

紀德龐然文學與思想渡海的船，彼時曾寬大的引渡靈魂失途少年的我；但到如今，我想我才逐漸懂得那些婉約的話語，譬如他這樣寫過的：

或者你還在等待，你的熱誠因為沒有得到慰藉，而將要轉成悲哀時，我願在這個時刻走向你……

壹

一人漂流……

誓言

三四歲時，立起來只比全家共眠大榻榻米床架高一些，見到母親在下午悠長光陰裡，側身躺靠枕頭讀著小說。遠背處有兩只極高也瘦的窗子，黃澄的陽光打落來，母親安靜讀著瓊瑤或華嚴，蟬聲嘶鳴著……

那時就明白以後一定也要讀小說，誓言般的……

小隱士

我到森林去，是因爲我希望過一種從容不迫的生活。

——摘自《隱士：透視孤獨》

我心的內裡住著一個小小隱士卻一直不自知。

他近來經常不經邀請來敲叩我的窗門，有時會驚嚇到忙於生活的我，有時卻與正寂寞孤獨的我聊起天來愉快極了。

小隱士以往如何過生活我完全不知，但他堅稱自我出世那日就已與我爲伴，我半是相信半是不信。問他：

「爲何以往都不曾對我說過話呢？」

「是你自己從來不聽我說話的。」

「爲何我現在會聽得見你對我說話了呢？」

「我怎知？反正我從來沒有停止過對你說話啊！」

我以往也不視見巷口有株漂亮的油桐樹，春天時忽然發現冬日落盡的枝椏，一夜間冒出滿滿淡鵝綠半透明的嫩葉子來；月前我在清晨醒來時，也開始新鮮聽到隔街山坡上鳥鳴歡欣不歇。

我問我的小隱士說：「究竟發生了什麼，使我有這些奇怪異於往常的感受呢？」

小隱士說：「爲什麼沒見到過我們？我怎麼會知道！我和樹和鳥可是一直都沒有離開過你的喔！」

我不能明白。難道離開的是我自己嗎？那我去了哪裡呢？我是不是像貪玩的小孩一路嬉玩忘了回家，像流連美景名勝的戀人心神遠馳飄浮不在，或是一直追逐北極星遙遠眞幻難辨的星光，只因輕信他人對我描繪天邊遠處的海市蜃樓，而不覺忘了與我咫尺的小隱士了呢？

小隱士忽然現身來我不確定我是不是喜歡。我隱約覺得他使我對賺錢工作開始怠惰，讓我會出神坐油桐樹下吹風聽鳥忘了一切，讓我喜歡一人獨處不留戀與眾人共嬉戲。

但我擔心我終將因此被他人鄙夷唾棄。

「過去幾十年，沒人和我說過一句話，我也不覺得寂寞擔心。」小隱士說。

我告訴小隱士雖然我還是擔心要如何在未來去應對這世界，但我仍然高興能聽得見他的聲音與說法。

小隱士只聳聳肩沒說什麼。

霧台

初宿霧台那夜，我與久不相逢的童年意外相遇見。

童年顯得遲疑，我則又現童稚時的靦腆。我們同時視顧他處迴避彼此目光的交際，然後童年問我還記得如何下五子棋嗎？

我點頭稱說是的是的。

我輕易的贏了頭盤棋一如往常，童年低頭收拾棋子時，不抬頭的說：再一盤好嗎？我就想起童年如何輸了棋總是淚下的景象，但他這次沒有流淚。

第二盤我讓他贏了。

我們一起步出民宿屋外，天空閃爍著童時我們共同記憶的星星。他帶我走過一間低矮顯得陰森的房子，黑色扁平板岩砌出的屋宇露出優美的線條，童年眼珠晶亮噓著聲音，說：這是魯凱老頭目的房子。

我們繼續順著坡路走向小學去。

童年在操場試著跑躍，回頭望我好像邀請我再次如往時般與他競逐，我假轉目光視向側坡混凝土壁上繪的獵黑熊圖畫，童年知道我必是想起國小上學時見到路邊被框綁在鐵籠裡哀傷著目光的那頭黑熊來了。

童年說：現在黑熊都看不到了。

童年和我入睡時同躺入榻榻米睡床，我們同時感受到幸福又如席被般捲鋪來。童年在我入夢前問我：你爲什麼又想到再次回來探視我呢？我試著回答他，卻喃喃睡著了。

童年在我隔日醒時已不見，我想他必是外出散步去了，他從不像我好睡又愛爭強。民宿女老闆輕敲我門，提醒我半日一班的公車快到臨了，我取出前日過四重溪買的紅仁鴨蛋吃食作早餐，想著童年是不是會及時回來與我告別離呢？我挑出幾顆覆有穀殼顯得美麗的紅仁鴨蛋置放桌上，想給童年回來時吃。

就繼續背起皮肩包上路去了。

牙刷

相逢的初夜，悄悄在浴間擺設出一把新的牙刷。

是白色的，不會和我的黃色相混淆。

雖然每次來了匆匆就離去。但注意到，沖浴完離走前，都會使用這把我準備的牙刷。牙刷使用的頻率，並不如期待那麼多次，但也見到牙毛開始分岐鬆散，逐漸有要用舊了的模樣出現來。

快樂告訴自己：

「要記得下次去超市時，多買一只備著替換呢！」

但是每次去超市，都忘了補添購，回來就懊惱怨怪自己的粗心。

牙刷後來就越來越少被使用。

但牙刷並沒眞壞，還能夠再繼續用，因此不需抛換掉仍留著。

有天，霧著心情買了一把新牙刷，放著。

不是白色，是一種藍天的顏色，不明白爲什麼。

依舊等待白色牙刷能用到結束（將半新不舊的牙刷丟掉，總教人遺憾與傷心）。

但是牙刷就一直沒有再被用過（沒有眞正壞掉，所以也不能丟）。

昨天，終於決定把白色牙刷丟了。

因爲牙刷太久沒用，竟落了塵埃的發起黃來了呢！

我轉目看望新插放入的牙刷，覺得這新藍與我的黃色特別相稱，顯得俐落落格外美麗。又起興來告訴自己：

「或者什麼新的人今夜會出現來，並開始使用這藍色牙刷呢！」

轉晴般忽然現出藍色的麗亮心情來。

忽然

忽然在某雜誌酒會他向我吐露愛意。

像春天忽然不知何處湧出的泉水源源不絕。

我有些感動。但毋寧更是震驚吧！我不願讓自己留有太多感動的空間，因我深知那種之後襲來的失望墜落，會有多遠多沉。

我也並不願拒絕它。就留著一點點（感動）聽他說話。

他的眼眶逐漸濕潤起來（我年輕時也曾如此）、他陳述他夜裡不能入眠的苦痛（我也曾如此）、他信誓旦旦……

（我早不再如此做了。）

他說完時用期待什麼的目光望我。

我迴開來（因我的眼睛尚不會說謊），望向吧檯上另對正調情相互勾引的男女。說：

「不知道耶……」轉注視另一頭空著無人的角落：「也許你今晚可以再一次和我一起回家，但是我整個週末都有約，明早你就得走……」

忽然，他就垂低下頭，像剛被砍去羽翼天使般哀傷（血液一顆顆紅串珠滾落）（我其實相信他可能真的愛我，我也相信我可能真的能夠愛他）（他作勢喝著瓶中啤酒避開我注視的目光）（但我只能承諾愛情到日出之前，明晨的太陽將從何處升起我完全不能預知）（他哭了嗎？）（太陽不總是忽東、忽西、忽南、忽北、忽升又忽落的飄忽難料嗎？）

（這個週末根本無人約我。）

忽然，我有他或會拒絕今夜與我回家的恐懼升起……

失敗者

入酒吧時，腦中閃過失敗者這個意象。

年輕時愛嘲笑那些入夜就蹲上吧檯，門啓立刻飢渴表情迎去，或只直盯看電視輕易露醉態的老男人。

已經很久沒來這裡了。

酒保從地下室走上來，膩膩送了飛吻，問怎麼好久沒來了。點了啤酒靠牆回望長吧檯，油油的女人用吸管喝著白色飲料，T恤畫隻毛動物。知道在看她，卻不回看來。

又走入一個男人和小男孩。

男人顯得沮喪，坐上側檯叫了啤酒，男孩要可樂，自己入到地下室去玩。

男人用目光勾來，會意坐靠去。

「你兒子？」

「嗯。」

「爲什麼帶他……？」

「老婆出差，想喝啤酒，只好……你從……哪裡來？」

「很遠的地方。」

「你幾歲？」

「三十九。」

「我不是同志。」

「我知道，你說你有老婆。」

爲男人又叫了瓶啤酒，自己換馬丁尼，說：「用琴酒調。」

左手放上男人的大腿。

「你是做什麼的？」男人心不在焉問著。

「教書……」手游移起來：「也幫調查局臥底，查酒吧毒品買賣的事情。」

「眞的！」男人詫異，用手擋住移向下體的手。

就抽回手，再點杯威士忌，說不要加冰塊。

「你不怕喝混酒？……會醉的！」男人又說。

沒答他。

一手握飲威士忌，另手撫起男人的脊，男人沒躲只移開目光。手滑插入褲裡，掌心揉捏股部，男人略略扭了下身體。

見男孩立身後仰望看，手指加勁挑捏男人股肉。

「我要回家了。」男孩嘶嚷著。

男人跳起來，望著錶：「老婆快回來了，得走了。」

又問：「改天見嗎？」

「也許。」目光轉回吧檯不看男人。

油女人專心啜飲白色精液樣飲料，不看回來。

想著：今晚要乾脆喝到底醉了算了，或該早點回家好？

無良人居所

1.

情人棄他那日，沉溺酒吧至天亮才離去。

蹣跚開車起步蜿蜒加速窄巷，聽到砰的聲響大約擦撞路邊機車，繼續馳走不理聽到低低咆哮人聲隨來，回望視鏡見一制服壯年男子追跑，繼續踩落油門加速離走，又……忽然停煞下來。

爲什麼要停下讓他追上來？

爲什麼明明知道永遠無法追上我的車卻依然追跑個不停？

男人已立窗外漲紅臉吼說：你撞了車想跑你撞了車想跑！說：我做的事一

定會負責不脫逃的。說：你給我立下來你給我立下車來。啓門同隨走去，男人來回搜索擦撞機車痕跡卻似乎不可尋，他立旁看男人屈蹲察看強健臀部肢幹線條優美誘人，想到昨夜猶在居所良人如今已然離去流落下淚。男人見不到擦傷跡痕回轉來，詫異見他立著落淚，說：沒事了沒事了並沒有傷到什麼，而且這機車本來也不知道是誰的。他依舊無聲流著淚，男人不知如何就手臂柔柔撫搭上他肩，兩人接觸電擊同時戰慄抖起，男人縮手望他，再猶豫堅毅望回他所看管大廈的入口玄關說：

來吧！跟我來吧……

置擺落他於管理台後地板面並不爲他鋪設毯子或厚墊，在他耳後黏濕發出捲浪逐漸奔騰喉音聲響時，聽見樓上遠高處有鐵門啓落聲，男人就匆促起身並記得爲他小心扣鎖回褲鈕拉鍊，推促離他去前溫柔說：走吧走吧，剛才的事都過了就當不曾發生過好吧。

他不知道指的是這一件或是前擦撞機車的事，但這句話與良人昨夜臨走前最後話語幾乎完全一致不謀而同，叫他驚回頭去想看兩人竟會是同一人嗎？

男人已避隱回暗室玄關不可重見，並同時走出一對祖孫欲上學去。

自言語說：那男人並非我良人。

就又落淚不停直到車啓動猶不能停不能停……

2.

我對良人說：我要爲你蓋一個居所。

良人正矇矓矓未完全醒來，應聲含糊說：……爲什麼？

因我是建築師啊？

喔……

良人的居所當是爲等待而特別設計的。像刑罰像獎賞也像是爲了用來證明愛情的確存在不像我們所見過的其他一切居所（其他一切居所根本不知愛情何物也不需等待）。良人的居所是沾著晨露玫瑰並包覆在帶刺濃濃綠葉裡，小心隱藏自己於巴黎第四大道最幽微難尋街廓的中庭角落深處。我同時爲自己搭起一間小門房以爲良人日夜看守防衛任何危險事件發生的可能，因爲人人都知那中庭同時住居著另一個蛇蠍般黑衣的寡婦，與一個被證明過是眞正精神失常的男子（他們還頒給他一張眞正的失常證明書以堵住好事者猜疑的嘴）（假裝失常的人越來越多了這年頭），而圍牆外正來回奔馳著外籍勞工的非法私生子（私生子生命源處的精子或卵子或其中之一必是宿命就注定非法的，因此他們的笑聲雖然童眞也一樣列屬潮濕與非法）。

良人似乎對我居所的允諾不感興趣，又翻身睡去。

但但我是是建築師，除了爲良人你蓋一間玫瑰居所外，我不知還能如何表達並證明我對良人你的愛意。

你無需證明任何事，因爲你生來（自授乳期起）就極度缺乏安全感，你既無法愛人也永遠無法被愛。良人一度在清醒時說。

但是我是是建築師，我生命的目的本來是爲人（你，就是你）築居所，我並不意圖藉此愛你也不要因此被你所愛。

你胡說你知道你在胡說，何況我根本也不希罕你所設計構築的任何居所，它們一點都不迷人。良人又說。

良人居所的窗子是白色雕紫羅蘭花瓣有著月桂花香味，有一扇窗正對著夜星空，月亮和星子輪流穿梭舞台，夜夜華衣現身取悅良人，另一扇窗面望我窗口，那是爲了良人思念我而特別設置的，好不讓良人因思念而落淚（但良人從未因思念我而落淚）（我便以膠土黏固我雙足於窗前，良人便可日夜見到我不用思念）。還有一扇窗子夢境可以雲朵翻飄入來、再雲朵囂捲去（良人如何能無夢而存活！）。最後一扇窗子陰暗且絕對潮濕，良人哀傷的淚永將不覺乾涸、顏面害羞也必有暗影掩飾。

那屋頂是什麼樣子呢？良人揉著惺忪眼睛問我，似乎對我爲他設計的居所開始感到興趣了。（或是又一次繼續應付欺騙我如歷史總是反覆演出同一悲喜戲碼。）

因爲這城市的雨這樣美麗而哀傷，我將邀請雨珠進入良人的居所，像天使與芭蕾舞者叮咚咚哈癢般繞走逗樂顯得憂鬱的良人。雨歇時陽光飽滿天空會特別藍，因此屋頂必有可席坐共野餐的陽台，與供各自眺望童年夢境的大三角窗，並可把玩雲朵（把白色軟雲積木般相互丟來丟去），良人疲倦等待我時可憑靠紅磚煙囪，望向凸露聳立令人難安城中央那座陽具鐵塔。

那門呢門是什麼樣子呢？良人繼續喃喃問著。

我雖然懷疑良人問語的誠心，卻依然專心思索門的模樣。我迴繞居所一整圈，發覺竟然忘了爲良人的居所留設一道出入的門。

啊，我忘了留門給你。我說。

沒有門你說的窗啊陽台與三角窗就全是謊言了。良人生氣說著。

不是不是沒有門還是有窗啊！我說。

沒有門窗子要給誰用？良人說。

你啊！我說。

我如何進入呢？良人說。

我驚慌哭了起來。

良人便收拾全部東西與感情離去，離走前對我說：走了走了，以前的事都過了就當不曾發生過的好吧。這句話與守門管理員男人的最後話語幾乎完全一樣不謀而合，教我驚回頭想看兩人竟會是同一人嗎？

良人已避走遠出我暗室不可重見。

就自言語說：他並非我居所的良人，我居所並無良人。
落淚不停直到日暮猶不能停不能停……

森林裡獨眠的昨夜

昨夜，獨宿森林。

忘記了對綠眼黑狼當有的害怕，因忽然想起第一次與你共眠時微微彼此的驚慌。

夢著醒著的睡到天明。

森林在晨起陽光照拂下，極其顯得溫柔，露水繞滾凝聚葉端，欲落不落晶瑩頑皮；草木紛紛嬰孩般醒來，一掃夜裡不安起落的濃膩呼吸騷動，以及不時張舞來猙獰的假意做作姿態。

明白了，暗夜已逝。

昨夜，決定要晨起給你寫一封信，一夜便夢寐翻轉開始模擬書寫的內容。左轉：要不要告訴你森林夜裡我一切經歷的眞實景象？右翻：要不要再次敘述你已忘記兩人的故事點滴，提醒你的確曾有過的快樂光陰模樣？左翻：或，就當根本從來互不相識，好重新再度初相逢一如當年？

右轉，小徑終端一水塘，有鹿隻先我晨光入水啄飲，並不介意我解衣隔水裸身相伴，完全不注視我也不與我說話。

第一次共眠，發生在那個我們都被安排住入的陌生城市旅程裡。最後的晚宴宣告幾日下來的虛張聲勢，終於可以至此告終，所有人都露出鬆懈的神情，暢飲侍者急急端來的啤酒。我們坐在扁長條桌互相面對的位置，而這之前我們一直蓄意迴避著彼此，知道某種山洪的已經蓄勢待發，都只能消極迴避，以免失神被淹溺掉。

是我先啓了話頭。

我稱讚你前日下午的作品報告極爲精采，你小心翼翼將灰霧眼珠抬起，有種害怕我的言語是某種設計精巧陷阱的意涵，但是隨後我卻見出……你就忽然的相信了我的話語。你自那一刻間起，不知爲何也沒有原因的，就一直相信著我，即使日後我爲了迴避你這攫爪不放、令我痛苦不堪的信任態度，而故意行事言語背叛屈辱你，也不能讓你稍微鬆弛下這樣死意的相信。

我當時是多麼害怕被你這樣的信任著啊！

我並不要……

餐後，我們隨他人去到一家古巴風味裝潢的酒吧。整夜一直你坐伴我側，甚且是最後僅餘兩人共離開酒吧。出去時我貼靠路邊的陰溝吐了，你喚叫計程車送我們回返旅店，沒想到車子只一個轉彎就到了，原來其實酒吧正立在旅店背後的巷子，就兩人哈哈相擁大笑，酒意全消去。

回旅店先過你房門，我假意不停步繼續行下去，聽你忽然砰砰發出響聲，回望你坐地板掏翻提包，像是尋不見啓門的鎖。就回走去，一旁靠牆並不幫忙的只看望著，後來找到了鎖，起身來……眼睛溫潤款目望我，就去攬你並吻了你的唇舌。

是汁液……浪濤般……交攪……

（這樣的吻，日後究竟屢屢不斷彼此發生？或是極爲稀有少見？我甚且難在此刻的記憶裡作分辨。）

即退離開燙熱黏膩的身，冷面不理會你某種期待的，轉身獨自走離去。

同夜裡，再回身去暗敲你的房門：叩——叩——叩——

啓門時，我注意到淚水已經滾轉在你依舊灰霧的眼裡，你的衣襟濕漉整片，像是剛才哭過……

就張臂跨步肢體，讓你引我入內。

天明前，我離開你的房。

躡足走入無人冰冷的廊，先是有種得勝的喜悅充盈疲軟肢體，又立刻被奇異忽然竄出來的悲傷攫住，是何處臨空突降襲的不祥黑鴉，早已千年萬年候待著我……飢欲飽食我的靈與肉。

眼淚開始源源不停滾落，並無法止住的發出切切悲鳴般喉音：嗚——嗚——嗚——

最後奔跑起來……入到無人曠野，風雪噗嗤嗤北方襲來擊打我右半側臉頰，並凍凝住本當滾落左側淚珠，如水晶串鍊獨條懸吊樹梢閃爍生輝。

汗淚淋漓啓開房門，不驚動所有世間猶在眠夢中男女，一己獨抱眠枕掩面痛哭出聲。

就在那夜，已完全明白，每一枝我對你持衡射出隱著惡意的箭，都將落回我其實本軟弱不堪的心靶紅圈上。完全不覺我的確日復一日繼續這樣重複的行爲，惡童般愚蠢且無知的……以箭射你，並自己不斷因而淌血落淚。

嬉玩著不斷回繞到原始起點的迷宮遊戲，一遍又一遍的……

決定晨起要給你寫一封信，告訴你我對綠眼黑狼其實懷抱的深沉害怕，與忽然想起第一次共眠時微微彼此的驚慌，和那日森林在晨起陽光照拂下，極其溫柔草木紛紛嬰孩般醒來，一掃夜裡不安起落的濃膩呼吸騷動，以及不時張舞來猙獰的假意做作姿態……

終於彼此都明白了，我們共屬的暗夜已逝。

昨夜，我因此獨宿森林……

我所愛卻無法觸及的

寂寞，是一直追逐卻不能知的旅行原因。

像原慾、命運與咒語……

因愛上無法觸及的人，使流星旅程有了可遵循墜落的方向。

紀德年少初次性愛的記憶，引我到抵突尼斯。

城市比想像更加神祕與寂寞。老者對我的存有無動於衷，幼童嘻笑隔距張看，年輕好看的則以野獸對決的姿態走向我，一個向我索火，並在攀談後攜走整包菸，另個在慌亂失途時，引我入無人小徑，轉身要求引路費用；旅館夜出口，兩男英文搭訕要魔術給我看，取硬幣彈空消逝去，說得付鈔換回硬幣，幾乎引來糾紛。

你就是那圍觀衆人中，挺身出來爲我抱不平的男人。

像引紀德入到無人沙丘卻自己中計的男孩。

隔日帶我去北鎮，漂亮岬岸豔紅蔓藤花，指著拍岬浪頭旁遠方白色別墅，說是總統居所，語氣聽不出是不是有著榮光與驕傲。回突尼斯夜暗不與我共餐因母親等候，直帶我入腸道老城街巷，到白日問起浴堂，我立入口一腳跨入，回問一起入來否，你不猶豫低垂搖頭，反問我有錢給你搭計程車嗎？說誤了公車，因我……

浴堂我隨衆人裸身繞走煙霧石板室，一老者用粗布費力搓擦我體垢通紅。

再隔日闌珊胡走，都知我明晨獨飛返巴黎。下午你說累了建議回旅館休息，但櫃檯嚴詞攔阻你入裡，阿拉伯語相互爭執，你受屈辱極爲生氣。勸去大街露天咖啡，拿相機想逗笑拍照，你側頭迴拒目光疏遠卻露淺笑，寫下名址要寄你照片。你最後拒絕我掏予的錢，用尊嚴表情與我告別。

終於明白所以必須旅行，就是爲了此時生命般拂來那樣難明寂寞的感受。

紀德彼時曾寫著：「……這樣他就如一個神般的赤裸了。」

和你第一次錯身當時

和你第一次錯身當時，我只有七歲。

你的容顏恍惚隱約，我當時無法視出你究竟幾歲，你也露出不在乎我的冷淡表情，與我錯身而過。

你走來時我以為你等待的就是我，我的心情寒涼、冷靜、清晰也平靜。你走向我來，一步一步毫不猶豫，但卻迴避我的目光，也不啓口與我說話。我期待你會對我說些什麼，卻只聽到母親哭泣的聲音，和其他一些婦人的話語……

「太太，這是天意，神明自有安排，會把孩子接去到好地方的，妳不要這樣子哭壞了自己的身子。」

「不要……我不要……」

你走過我身邊時，停住一步伐的時刻，我以爲你這次必將會說些什麼了，但你只偏側頭顱輕輕望我一眼，唇嘴恍惚似要啓說什麼，我努力睜眼想看清你的顏面究竟幾歲，卻無法視出來。

而我那時只只七歲呢！

我望著你逐漸離走去，不明白你爲何走向我又走離我，有一種被欺的失望感覺升起。婦人們的聲音此時又喧譁揚升起來：

「妳看到沒有，眼球動轉起來了，臉也有點血色了，男孩回魂來了呢！」

「是不是迴光……」

母親大聲哭揚起來。

和你第一次錯身當時，我猶稚幼無知也任性貪玩，你或因此無意與我接洽說話，只能遺憾這樣的遭逢，沒讓彼此得交語並續共行餘途。

我後來逐漸長大，不再任性貪玩如前，有時會憶起我們那樣第一次的錯身。我記得很清楚當時過程的點滴，雖然沒能見出你的年歲相當，依然期待能與你再次相遇，因我一直暗自希望或你如今已願對我說話、聽我傾訴了。

我當時很珍惜這樣的彼此相遇錯身，你當時也是一樣嗎？

眼神

不太愛收藏照片，過了的事覺得就是過了。

找到一張大頭照，頗驚喜。是砲兵學校受預官訓照的，有些訝異那時的健康樣。我向來瘦，也難得露出健康模樣，那樣的臉已是極肥碩的我了。

大學時，其實是愛運動那族，當了四年籃球系隊，兩年體育幹事，中距離跑起來得心應手。但人就是瘦，弱不禁風的模樣。近畢業時有同學恐嚇我，說我幸好考上了預官，要不大頭兵恐怕當不完的，因爲「部隊裡的老芋頭，最喜歡你這種白白瘦瘦的處男呢！」

砲校受訓讓我肥碩了些，但我本性極不喜那樣集體意識下的生活方式，就低姿態混渡日子。在那裡，沒任何老芋頭看我第二眼，卻注意到一個兇悍士官，會初始挑剔我內務服裝，慢慢發覺其實關照注意我。士官年紀比我還小，矮瘦精悍無人能比，全隊人最懼怕的唯他。

有些恍惚。

秋節他租了車，餘一位給我。回台北路上說起年幼如何遭父親倒吊鞭打，小學畢送入士官預校，詫異這樣鋼鐵般的男人，也有軟弱的故事。後來校長在結業式上，說起有某員全校排名第十一，差一名就可留校任教官，都轉面望向我。忽然明白其中士官不知暗裡費了多少心，我成績本來完全平淡落人的。

望向士官。

他也以空洞看不出心情的目光，迅速回望我。

之後，抽籤分發馬祖到退伍，不再見過那個兇狠精悍的年輕士官。這照片，讓我再次記起那日他望我的眼神。

一人漂流……

1.

旅行之於我，有些像久安的戀情，從初始的怦然心跳迫不及待，甚至朝思暮想，逐漸轉成極淡極淡的一碗綠茶，只要能嗅到那微溫飄繞的清香就滿足，去不去喝反而不關緊要的了。

我以前刻意愛一人獨自的旅行，有些是在考驗生性膽怯自我的意圖，也在其中飽嘗了某種絕對孤獨的滋味。那滋味並不好受，但是那種遊蕩在一個陌生城市裡，因爲警戒、害怕而小心翼翼我的意識，會突然格外的清晰也敏銳，像春天初冒長的新草，柔軟謙卑探看著周遭乍紫乍紅的繁花景色。

當初就愛上那種意識狀態，這也成了我期待旅行的一個主因：讓腦子可以緩緩攤展出一枝又一枝鵝綠鮮嫩的新芽來。

讓自己遊魂走入一個城市，並期待與另一個遊魂相遇……

相遇、與陌生的人相遇，一個短暫卻眞實事件的發生，分離時含在嘴角微微笑著的告別彼此，說著：一定啊，一定要記得聯絡啊……

2.

我的旅行始於好奇，譬如對建築與城市面貌的好奇，有種廬山煙雨的意味，那些人人皆會談起不能不去過的城市、地點與場景，朝聖般一一信徒樣的走過，證明著什麼樣的走過去。

還有對人的好奇，對這些與我生命全然不相干陌生人的好奇，想探索什麼的……，彷彿每一個陌生人心中都隱藏著一座未知的龐然城市，正渴切的等待並邀請我的進入。

如今開始有著天涼好個秋的心情，並不特別想去某個城市了，沒有非去不可的城市了。很多城市都好，不再特意走向某個城市，就等著誰自己走向我，一種媒妁之言與宿定命運般的關係，每個城市都可以好，就像每個男女皆可夫妻一般。

不必介入城市太多，清淡淡君子般的、晨起山間忽起忽散一陣輕霧薄紗般的，進入了一個城市，並離開……

3.

因為城市就是長時隱在忽聚忽散霧影後面的山，我也只能片片段的去拼湊出一個圖像。也因明白山的龐然不可盡走，就不再堅持非走盡什麼了，就蜿蜒著山徑的，遇見草、遇見花、遇見禿起一塊山岩，一隻翩然穿飛的蝴蝶、一頭與我相望眨著好奇目光年輕的山羌。

而城市般的山，就不期然一次又一次突然的現身出來，以碎片記憶的方式現身出來……

這些記憶也逐漸不再依賴實體物了（不再依賴照相與購買物品的實證），就讓那些突然現身又隱去的陌生物，如草、如花、如岩、如蝴蝶與山羌，那些無法拍攝或購買的事件與人，模糊又遙遠、彷彿眞實又夢境般的人啊事的，拼組我對城市全部卻又殘缺的記憶。

4.

台北越來越老，也越來越成熟迷人。像逐漸長出冠頂蔭蓋的森林，是座逐漸在成形中陰鬱神祕的迷宮，各樣相異的生命開始因此找得到可窩身的地方了。

而我在台北城中的家，就成了我眺望宇宙與世界的燈塔。在其內裡時，不斷望出去台北、望出去整個人生的世界，在外頭時，就總是急著的想回去，回到如今唯一覺得溫暖在台北我的家，急著搜尋燈塔樣在千帆萬帆中依然堅定等待唯我一人所屬的家。

台北的文本因此也當如家一般私密，從夢境出發……穿著詩的衣服……踏著小說的舞步，獨自無人以忘我的舞姿，在所有人醒來前的清晨，悄悄書寫過台北城市最神祕陰暗的迷宮一角。

5.

我並不會特別想重回任何一座我曾經短暫停留的城市。去過的城市都是逝去的戀情，而逝去的戀情都是注定無法重返的，命運一般注定的了……

若是必須重回一座去過的城市，會希望對這個城市的記憶已經模糊甚至消失了，所以又可以陌生人般相互重啓戀情，像從來不曾遇過的新戀人一樣。

我不願去留戀或試圖追回什麼，那些猶存過往的記憶，只是對未臨幸福的惡意阻撓，而城市本是爲將臨幸福所預備的舞台，不是逝去記憶的相片匣子。

城市是不當重回又重回的，是當不斷被期待與被驚喜發現的，每次走入時，陌生人魚貫一一迎面臨來，沒有記憶沒有惆悵沒有追念也沒有遺憾的走入……

唯有一個城市，就是自己的城市，必須不斷的重回。

必須不斷重回自己的城市，永遠以惆悵追念的記憶重新回去、重新的不斷回去……

房子

會開始沒有緣由的想到童年住過的那房子。

那是十歲以前在屏東住的房子，地址到現在還清楚記得：潮州鎮南進路45號。那時很多東西都顯得簡單，連家裡裝了要手搖的電話，號碼就也只是單號7，一切都非常容易也單純。

父親當時是在瘧疾研究所工作，這單位有聯合國的補助，常見到醫學博士和外國專家出入，又有多輛進口車子和司機差遣，在那時的小鎮，顯得殊異特出。我們房子在一個極大兩層洗石子的樓裡，說是日據時代的農會，在我現在斑駁的記憶裡，那樓依然是十分的莊嚴雄壯也優美。我就生在那裡的二樓，樓裡另外住了大約十戶人家，都同是研究所的員工，我記得有一戶是客家人，另一戶在樓梯口是魯凱族工友，樓上樓下熱鬧鬧的像個大雜院。

十歲，因爲台灣已非瘧疾疫區，就撤了單位。舉家搬到台北，對潮州與童時玩伴，有許多不捨，會寫信認眞想牽留住什麼，有一次長我一歲的同伴回信時，告訴我說明信片的收信人，要寫收不可以寫啓，我愣了想著一陣子，忽然覺得兩地距離的遙長與無望，就不再寫信了。

服役在台南受訓，自己跑回去潮州。那是遷台北後第一次重返，走出火車站時心裡激動不安，看到一些依舊熟悉記得的東西，也有許多不熟悉的事物。我朝著房子方向走去，童時記憶即將揭曉的懷抱期待。從中正路一轉進南進路，房子就出現在我眼前了。

房子比我記憶的小得許多，好像整個縮了水似的，臨街騎樓那排洗石子大列柱，童時嬉戲覺得又大又安全，現在卻有些滑稽的離奇瘦小。騎樓底下現在有麵攤擺置顯得髒亂，以前這樓予人有威嚴感，閒雜人都不太靠近來，更不可能會有麵店吃喝買賣的。

我緩步走進入口，爬上寬大露天的樓梯，看見以前的屋子。屋子現在住有別人，我就立在樓梯平台看著，不好意思走近前去。我覺得以前我們的家，比現在這家人看起來溫暖也優雅，母親當時還種有許多花，有一株會在夜裡開放的曇花，我特別記得。

現在這些都不在了。

我張望時注意到有人從窗裡狐疑看回來，明白我這樣穿著軍服入到別人的樓裡，是十分魯莽奇怪的，就自己走開去。

離開前，回頭仔細張望房子。這時已經沒有初見那種失望情緒，我細細的看著房子，感受到童年的愛慕與信賴心情再次萌生。對已經習慣台北繁華市容的我，這房子的確不算大，但是看得出來，當初施作十分認眞嚴謹，因此顯出了特別的細緻與優雅，有種近乎端莊賢淑的沉靜氣質。

看了一會兒，就走了。

幾年前，母親說希望我陪她回潮州一趟，說要去廟裡還願，是我幼時生病幾乎死去，當時她對菩薩許的願。母親現在年邁近乎目盲，到廟內我看她焚香喃喃對菩薩說著什麼，也要我照樣焚香禮拜，離去前她捐了錢給管理人。入車後，我要司機轉去房子那裡看看，發覺房子已經拆去，有一棟新的高樓立起來。

我對母親說我們以前的家不見了。她張看出去，其實她什麼都看不見，但還是轉頭安慰我說：「房子不見，並沒有關係，只要我們記住就好。」

最近，會想到童年住過的房子，心裡有一些傷心的感覺。

四盒菜

我把母親今日為我煮食的四盒菜，放入冰箱上層凍存著完全不去觸碰，好像害怕母親將永不為我煮食了似的。

其實知道這樣做是完全不合道理的。

因為我每週二中午一定固定與母親共食午餐，餐後她也必會再度裝食數盒餐點給我，所以我不用擔心餘下一週一人飲食，會有臨時無物可食用的匱乏，更不用去怕它消逝未接續而預先冰凍起來。

（這餐盒模式早已進行有百餘週。）

（我其實尚有其他五個壯碩過我的兄弟姊妹，但自幼年起，唯有為了我的吃食習性，屢屢招母親叨叨唸說：他以後怎麼辦？是完全不懂得照顧餵食自己的那種人呢！）

因爲述說次數過多，便只像是家中晚餐昏黃燈光下慣常的啓場開胃話語，人人皆暗自笑話著囉唆的母親，又再一次皺眉嘮叨複述了她對我莫須有的擔憂。父親低垂眉繼續飲食沒有接話，其他近親般的兄弟姊妹們根本不知此事與他們未來的光明人生何相干（說：餓死的人究竟是什麼東西啊？彼此回說：好噁心啊你！），繼續搶奪餐食不遺餘力。我那時卻不免有了隱憂，自問著：我可以在（父死母亡）以後依然靠吃食這手段存活嗎？

「你們不可以笑話他，像他這樣的人是與你們不同款樣的，等你們統統長大等我走了以後，你們可是還要一定記得去照顧他啊！」母親說著，並強迫每個兄弟姊妹都對她作下承諾。

「媽，我會的……」

「我也會的……」

我並不明白其他小朋友成長的苦痛情結是什麼，但我的好像就只是：我以後要怎樣才能夠吃喝如常人的活存下去？

我不好食，有些東西的確不吃（但因不會拒絕，也不那麼堅持）。家人慣常用老家福州人乾硬的光餅取笑我：「就給他一長串光餅掛在脖子上，一天吃一個，一個月一個月換一次的，人生不就過完了沒事了嗎！」光餅聽說是戚繼光爲了戰事持續，發明給戰爭吃緊時戰士們掛脖子吃的食糧；我並不討厭光餅，但我想的是：每個月到了盡頭時，誰記得來給我換光餅圈哪！

母親並不給我光餅圈，她大約並不想效法戚繼光。（那些死的人有什麼好學習的呢！她說。）（我根本最最討厭死了的人。我立刻回說。）（且你也完全行爲不像戚家軍戰士呢！媽又說。）

她如今年過八十依然一週爲我煮食一次，自然是憂慮著我自幼即存的這個劣根舊習，加以她向來好炫耀她奪目的廚藝，在觀衆日稀她的垂暮之年，能繼續如此昏目顫手繼續爲我一人煮食並兩人共食午餐，竟使我們的搭檔眞的顯得恍似有些「完美無缺」的光燦幸福著了呢！

（我們是彼此唯一的表演者與唯一的觀衆。）

後來我讀了偉人佛洛伊德關於戀母情結的親情關係恐嚇理論後，的確倒抽冷氣數口，也不免對號入座的夢裡冷汗直流。（我眞的是有戀母情結！）（但是誰又在乎又干誰的屁事呢？反正又沒老婆情人與我母爐邊爭風吃醋。）這種關於潛意識的心理哲學辯證過程令人苦痛掙扎難免，但是畢竟佛大師不但早就死了涼了而且遠在天邊，母親週週煮食冒著熱氣與香味的餐盒卻魅力難擋又貼身近在眼前，就決定很牛下流的甘冒「戀母」罪名大不韙，貪圖小安小逸「哲人已遠」的苟延餘生吃食下去！

餘生可無佛洛伊德大師，卻不可無我母的煮食（全然甘心捨形上就形下）。

在母親討我歡喜常常變化的菜色裡，我從不說明白我究竟喜什厭什。但母親不知爲何，即令沒見我私自在家先吃食哪盒暗棄哪盒，依然嗅覺得知我最愛涼拌干絲與豆乾炒豬肉絲，也知我幾乎已不吃滷蛋，就怨言不發去做極費眼力的三色蛋，我不愛油膩不吃鹹，她就蒸、煮、小炒、涼拌的迎合我，怕我嫌自己煮海鮮費事而不吃，會每週煎一片魚給我。

「魚是的確比較不好處理，但是可也不能因此就不吃的，尤其你這種愛用腦又不做運動的人。這片煎的魚拿回去只要放烤箱熱一下，夜裡餓了就可以下酒吃。」

我有時覺得我們這樣彼此唯一的關係，將可以永恆幸福的持續下去，有時卻也會忽然憂慮起來，想著母親已經八十出了頭，若果哪天突然……

母親卻從來不顯擔憂，在我每次吃完午餐離去時，她會慣常說：「下禮拜我去買個豬肚子，燉蓮子中藥給你喝，天氣就要熱起來，肚子湯最清火去毒不過了。」

或說：「你生日就快到了，我買副腰花炒給你吃來慶祝慶祝，好不好！腰花可是要早早先定下來才有的，晚了就沒有份了呢！」

總是露著下週會有更精采餐食的興奮表情神色，似乎完全不擔心這關係會有終止一日的可能。

但我其實是擔心著的。

一週週吃食著並帶回來四盒菜，我的憂慮也日日加重著……若果吃完這四盒，就不再有下四盒了呢？何時是這一切終了的時候呢？哪四盒會是最後的四盒菜？

卻也不敢對母親說起來。

便才會有今日突然將這四盒菜凍起來，永不吃食以留存作記憶的念頭現起。（這樣至少餘生我都有四盒菜存留我冰箱。）

可是絕對不能對母親說，她若知道必會笑我：「人還沒走，你擔什麼心呢？當一天和尚撞一天鐘，不要想太多。而且，我告訴你……來日方長哪！」

並一定會立刻趕做另四盒菜，以補救我因凍了她煮食的菜，因此餘下六日無菜可吃的突發困境呢！

披黑帽巾、住山洞那人

母親一直耿耿於懷我單身至今。

她生養了六個子女，我單身的事實，成了她作爲一個盡責無可挑剔母親角色的唯一污斑，而我自然也是使她的人生開始顯露出一些破綻缺失的那人。

她們會輕著語氣問她：怎麼……還單身呢？

好強的母親，就敗戰樣的懨氣不能回語了。

（有置母親於不義的壓力升起，卻也不知如何化解。）

一回無意間與母親說起，說一個大學舊識遠嫁美國二十年後忽然現身來，與我溫暖敘舊後說她現在通靈能見我前世模樣，就閉眼描述起來，說見我是個獨居歐洲某處山洞的隱者，偶會出來到市街廣場傳道，披著黑帽巾著灰袍子。

又特別說：

「因前世隱士功課未了，這世還得再補一些。」

我說者無心，母親聽者卻有了意。她就開始回嘴那些挑釁者，說：

「他可是前世修行到今世來的人，我懷他的時候病小孩苦得很，就夢過多次白鬍子老人來看過，老早知道這一切了，你們知道嗎——懂嗎？你們懂得——修—道—的—人—是—不—能—結—婚—的—嗎？」

一字一擊的扳回一城。

這前世隱士的新身分，化解了我未婚者的中年危機，也添增母親做個無瑕母親角色的榮光，雙贏又皆大歡喜。便對這身分有著感恩的情緒，間時會繚繞想著，竟也開始用之來說明我其他人生的破綻，譬如我自幼害羞膽怯的個性、與同學家人總不能夠相親靠近的古怪、談戀愛也隔著什麼的臨門老缺一腳、人世的交際應對像涼溫了的茶叫人難吞嚥……

原來都是肇因爲我本是「披黑帽巾、住山洞那人」啊！

先是慶幸前世隱士的我，居然來解救了這世的我，後來再細想牽連他事，竟越發相信這說法了。我記得去費城念碩士時，忽然十二指腸潰瘍大出血，當時因爲窮想省錢沒買保險，根本無法看病，就閉門關窗仰天躺臥床上，一動不動不吃食只喝水兩整日。那時屋裡漆黑什麼都不見，耳朵變得特別清明，聽得見屋外街道來往動靜，人氣息奄奄心卻平靜無波，萬事皆遠……

唯一會想著的是床邊几上擺著陳映眞的小說集《將軍族》，用微弱的氣息偶爾喃喃背誦著：

剛喫過晚飯。我坐著點燃一枝香菸。我意識到媽媽正瞧著我，因此我小心地在臉上塑著成人一般的風景。

病竟就好了。

我這樣退縮療傷的事不只一端。曾屢屢反覆選擇這樣類同方式自我治療，眞是有些奇妙。近日看SARS縱橫撒野，見到許多人被居家隔離，苦喪著臉如入煉獄，讓我恍惚錯愕不明所以了：「讓人閉門十餘日，衣食居住無慮，又有人定時噓寒問暖，夫復何求？」

爲何苦喪著臉呢？（完全不明白。）

或者因爲他們前世非隱士的緣故吧！（就釋然了。）

並開始思索著若我眞被隔離十日要做什麼？（不用上班、不用出門、飯送到家。）

……啊！正好可用來讀新買荷馬的史詩《伊利亞特》與《奧德賽》，若還有剩餘時間，就讀《諸子平議》。

多麼的幸福啊！（我愛SARS！我甘心被隔離一千日。）

這說法或顯無情義，但就歸罪我前世冷淡感情的隱士脾氣吧！會又遐想著自己前世究竟隱居何處的山洞，因爲愛過法國作家紀德、普魯斯特與惹內，就憧憬著當是繞長著葡萄園溫暖的南法國吧！又想著也喜歡過契訶夫、杜斯妥也夫斯基，那麼會是在俄國嗎？（不行，太冷了。）

像邊讀旅遊書邊作大夢一般呢！

前世是隱士好處無窮盡，唯一憂慮是：萬一哪日眞與某人成雙作了對，該怎樣與目前角色評分完美無瑕的母親說呢？

（說隱士後來決定還俗了嗎？）

哎，眞教人煩惱呢！

（或就繼續說我前世的前世是個老愛還俗的花心尼姑吧！）

貳

是植物也是動物的女人

是植物也是動物的女人

我覺得女人有時像植物，有時又像動物，有時會隨季節花開花謝，有時卻讓慾望驅策去獵食與被獵食。能在這二者之間平衡無誤、穿梭纜索自在如意的女人，是我心目中完美的女人。

可是究竟什麼是植物？什麼又是動物呢？

我翻《辭源》說動物是：有機物之一，和植物同稱爲生物。有知覺運動營養生殖的機能。下等者由單細胞構成，與下等植物不能顯別。高等者由種種細胞構成，複雜特甚，種類繁夥。

將生物這樣二元粗分類，好像是達爾文的名字依舊留在小學課本裡被背誦的原因之一。但據我極少數入到森林的個人經驗，我確信在那個生死分秒更易的複雜小世界裡，生物們並不以這樣的方式看待與歸類彼此。譬如對野狼而言，蝸牛與牽牛花同屬不可食的種類，而對杜鵑花而言，椰子樹與獅子則一樣屬於事不干己的族類。

雖如此，我還是洗腦般的甘心接受達爾文這套隱含「進化論」階級優劣論、與「食物鏈」現實目的取向的分類法。因為我覺得這分法固然令我覺得有些噁心，卻頗符合我目前看待自己生命狀態的僵化固定模式，以及我也可藉此簡化這個對我而言遠遠太過複雜的世界。

我見過的女人無以計數，但能鮮明留在我腦海的卻並不多。在我尚未入學時，細嫩皮膚模樣好看的小舅，忽然從我們當時住居小鎮的鄰村，娶回來一個我們都不識得的女人；小舅喜歡打扮而且從不工作，就依附他姊姊（就是我媽）一家過活，而那個突然進入我們家的女人，顯然十分不安的度著突兀也難受的疏離日子。

小舅雖漂亮好看，卻醋勁極大，我記得常聽見他們在隔屋大聲的吵鬧，拋擲物品哭罵的事情也經常發生。女人獨自出門時常攜我同行，大概是爲了讓小舅安心不生疑慮，但也可能是因我安靜沉默討女人親近。女人通常穿著細白紗貼身的短袖上衣，緊紮寸半寬腰帶，底下及膝蓬裙，蹬著細高跟鞋，走在路上凹凸搖曳有韻，燙捲的頭髮起落律動。我通常小手與女人相握，不怎麼說話一起步過熱鬧大街，感覺到鎮民對女人投來某種猜疑觀看的不友善神色，女人顯得氣閒神定，目光直視路端繼續走著。我偶爾抬眼側看她美麗的臉，聞到身上飄出茉莉花香水味，似乎清楚預知某種不幸即將到臨的忽然傷悲著了。

那不久之後，女人和小舅就一起迅速消逝出我的生命之外，並永不再互相見過。即令到現在，在屢屢憶想到那個女人時，腦中猶然會浮出茉莉花枝葉的細瘦娉婷模樣來。

那也是記憶裡第一個茉莉花般完全是植物屬性的女人。

小五時舉家搬到台北，進到一個負盛名的外省子弟小學，那學校的老師多是由大陸過來，我記得一個教社會的中年女老師，總是穿著略顯寬鬆不甚合身的旗袍，並在腋窩下紮著小手巾。女老師極會出汗，身上散出淡淡有些如什麼獸類的腥羶味道，當她舉手用粉筆寫黑板時，腋下的黑色體毛就整叢蓬發的顯現出來，對正開始好奇異性軀體的我們，這不斷隨著寫黑板而凸露鮮活的腋毛，顯得奇異詭譎而具有強大騷動性。因爲衣服鬆大的關係，由腋下的細縫還可以隱隱見到她罩著胸衣的乳部，膽大的學生會立起來蓄意背後偷張看，引得大家竊竊私笑。

有一次女老師因聽見竊笑聲，就忽地回頭，看見立在椅上正在張看的男童舉動，突然意識到整件事情原委，臉色煞地牆般轉白，然後掩臉帶哭的跑離了教室。我已經忘了後來男學生是如何受到懲罰的，但是女老師卻一直以什麼奇怪小獸的印象留存我腦中，動物般持恆蠕動的留存著……

國中時，有段時間極度偶像崇拜歌星冉肖玲，覺得她不管歌聲模樣氣韻都教人滿心傾倒。但是即令在那樣的年代，國中小男生迷上成熟女歌星，還是十分難爲情的事情，只能偷偷把一張冉肖玲的照片，貼在我書桌抽屜的背側，書讀得厭膩時，就悄悄無人知曉的拉開抽屜，瞄看一眼那唯我一人所有、永遠對我微笑著的臉，覺得怡然也滿足了。

那段時間，我所揣想的所謂眞實女人，就該像是冉肖玲那樣，看起來性感溫柔甜蜜也危險，是一隻彷佛已被馴服、卻暗藏能躍出食人之本性的獸。後來步入中年，一次在電視裡見到老邁的白光，她嬈嬈緩動如舞者的肢體擺作，與黏膩陳年老酒的鼻喉聲音，像體熱溫暖又無骨的大肥貓，儘是在人胸懷裡掙啊磨的，就算眞有噬人本能，也教人甘心情願隨她擺布了。

白光絕對屬於高等動物等級。

而常被拿來與之作比的冉肖玲，相對於白光如燉得爛熟的冰糖梨子，以我如今髮漸禿齒漸危的身心狀態來看，就忽然像個猶嫌生澀也咬不動的青梨子了。

當然，我即使想把女人簡單的就以植物與動物來區劃，也常不能稱心如意。因爲常會遇到有些女人，覺得又像植物又像動物難以斷論，若依據《辭源》的說法，這可能就是類屬下等物種的特質，上等者必須是該植物時就像植物，是該動物時就像動物，完全不含糊混淆。

當然有時在這些判別過程裡，難免會有因自己錯誤期待，硬要把植物當動物（或相反）的情況出現來。

大學裡，注意到校園裡一個特立獨行的女子，總穿著她女校高中有特殊顏色的制服，只是把繡著的字全拆去，搭一條牛仔褲的來往，神態孤決冷凜，我看著她這樣日日走過校園，斷定她必是狼或野鶴一族。壯膽攀談後，發覺其實還是很溫婉友善（但是就算是狼，也有可愛的時刻的吧！）。漸熟後，一次向我索借我那時正著迷陳映眞的《將軍族》，週後出現來，哭喪臉說：「騎單車時，將書放車後籃子裡，誰知……竟不覺滑落不見去。」

我聽了臉色大變，因爲那時《將軍族》已被禁，無得再買。野鶴女子就堅持要請我入高級餐廳晚餐一頓以示歉意，我雖然認爲一頓大餐也絕對不抵失去《將軍族》的傷痛，但在已逝去與猶可獲得的抉擇裡，我還是接受這和解姿勢。晚餐吃什麼我已不記得，只記得餐後桌下野鶴女子以腳踢我，眼神暗示有東西要桌下遞給我，我就伸手去取，原來是用餐的錢，並對我解釋說：「你是男人，雖然是我請客，但還是要讓男人去付錢比較像樣。」

我當場大怒（可能是掉書餘怒未消），堅持誰請客就該誰自己付錢，絕對不該作假給別人看，鶴女子立刻垂頭欲哭。那一刻我才忽然明白，原來鶴女子根本是植物不是動物，是我一直自己錯歸了她的類別，把植物當動物對待，眞是殘酷至極的愚蠢舉動啊！

我最佩服的女人，是那種今天相見，完完全全是棵植物，改日再逢見，卻忽地就成了百分百動物的女人，個性特質清爽明晰絕不含混，身姿轉換也俐落漂亮，絕對的坦然自信。當然，生物種類本來就族繁不及全列，植物從仙人掌、含羞草到百年老檜木，動物從毛毛蟲、孔雀到犀牛等等，女人自然也是春夏秋冬五花十色的，細說下去一千零一夜也沒完沒了。

這樣把女人動植物比擬，並沒有優劣的價值評斷，像我平日偏愛食植物，但每隔數日，就會莫名非吃一塊好牛排不能滿足的。那麼男人呢？男人當然也完全符合《辭源》那樣的動植物定義，只是男人不善轉換身形，所以大半都一世留在動物類屬裡，只有極少數有機會成花成草成樹成果的，更悲慘的是，許多比較低等男性動物屬性的，並不能因此而模糊成「類植物」狀，反而直接變成了礦物，也就是所有動植物最終歸處的那個地底非生物狀態。

女人或因生命力強旺，極少成為礦物的。而也就因為自己沒有，所以女人特別愛收集礦物，像鑽石、紅藍寶石、黃白金等稀有礦物。但能成為讓女人愛不釋手的寶石的，畢竟少之又少，大半男人轉成礦石狀態時，是比較類同會絆倒女人高跟鞋的擋路頑石，只會癱著死著的不可玩也不可食，女人看了會想丟得遠遠好眼不見為淨那種。

台灣的女人，我覺得近年來在動植物屬性上，都有自體鮮明化的傾向，對稀有礦石的需索度，也有強化與除罪化的欲望顯現，對我這樣作爲生物觀察者的角色而言，這都是令人興奮的人間情事。

我這世見過的女人已經無數，但說眞的，能像文前幾個那樣花啊狐啊、清晰顯現我腦海的並不多。而以這法子去看女人，或對有些人是太詭異難信，但這就像色盲人所見到的世界，就算與常人相異，也還是必須被承認依舊是眞實世界的吧！而且這樣子看女人，我相信《聊齋志異》的蒲松齡一定會懂得，他早就有同樣本事在芙蓉海棠、白蛇紅狐裡見出女人相，或是在女人相裡見出那些動植物來。

蒲松齡會同意我的說法的。

但是說眞的，談女人我其實還是完全不在行，因爲這就有些像要讓狗來對鮮魚做品味，或問吃素的人喜歡牛排三分還是五分熟一樣的，品者並不能符合評者的資格。不過也幸好我自幼對動植物都略有研究，所以談女人兼說起生物礦物，好像天下本一家親的，瞎混著也像有什麼回事的呢！

女人。的確，有時就像植物，有時卻像動物，但我覺得她們比男人更接近生物。

昨天，一個神祕人物輕觸了我

揣想住居台北究竟是怎麼個景況，發覺挺難說分明。

小時，媽愛描述她初抵台北覓到第一間住處的故事：「我自己一人搭船到基隆碼頭，換乘火車到台北車站，走出來一望荒涼涼的，叫了三輪車夫往一個同鄉地址找去，車夫一路不說話就猛踩著車，四周野草長得蓋過人頭，我想他要起了歹心，殺了我取走行李，把我丟入草叢裡，大概永遠不會有人知道的。」

結果這個想像的災難並沒有發生，反而住入的第一個家更像將上演的悲劇場景：「……那日本式的窄小屋子，居然活活擠了兩家大陸同鄉，他們還是好心在玄關木地板上，給我鋪了個有蚊帳的睡鋪。只是人進人出免不了都要穿身過，那個老公尤其愛在我入睡後，藉故出入甚至來搭話，有天晚上找了藉口還來掀我的帳子，我一巴掌打過去，隔天就搬了。」

這第一個台北的家共住了五天。

媽述說這故事給我們聽時，是在我出生的屏東潮州了。當時的我猶不知台北爲何物，只能在腦中描繪出一個蔓草雜生、屋子塞滿人，醜陋兇暴的男人比比皆是的台北城影像來。十歲舉家遷到台北時我大吃一驚，日日搭公車上學的和平東路雄壯輝煌、步行可及的新生南路瑠公圳柳樹夾蔭、小學附近牯嶺街植物園寶藏無止境，男人們並不醜也不特別兇，連我們住居在金山街的日式房子也前庭花後院樹，台北住居起來的好處似乎多不勝數。

後來搬了幾次家，終於落定到母親如今依然住居的民生社區。

我還記得工人如何在暑日種植下如今蔽天的梧桐樹。離台多年我由美返家時，初見到殷勤壯碩的門前樹時差點落下淚來。芝加哥我三樓住處窗外的樹，四季換色並頻頻隨風頑皮入窗探看我，姿色風采完全不遜這兩排綠梧桐，但是我記得這些梧桐如何在時光中由幼苗長過來，芝加哥那些樹卻像是生來就是這樣英姿挺立，沒有記憶也沒有任何天眞童年可與我共享。

一九九一年回來台灣，初時頗不習慣，台北種種皆教人不順眼難滿意，因此屢屢愛與住過的國外城市相比較，覺得自己好像突然成了失落無家可居的人般寂寞孤單了。就用著一種在台北城市裡彷徨與在異途旅行中漂泊的方式生活著，好像自以爲正尋覓著某一個等待著我的不相識陌生者、尋找著一個不可知卻眞實存在屬於我的城市，頗類如波特萊爾在《巴黎的憂鬱》中的描述：

昨天，穿過大街的人群，我覺得有一個神祕人物輕微地觸及了我。那是一個我一直想認識的人，而且我立刻認出了他，雖然從來未曾見過他。無疑地，對我來說，他那方面也有同樣的慾望，因爲當他從我身旁擦身而過的時候，他向我投了有意義的一瞥，我也急忙地服從了他眼神的示意。小心翼翼地，我追隨了他。不久，我尾隨著他走向了一座輝煌奪目的地下室，那兒閃著奢華的光彩，非巴黎任何地上的寓居所可比擬。

仿似憂鬱、寂寞、孤單，又暗暗自得著。

後來偶然買了在東湖的小公寓，住下到如今共六年也不覺間習慣了。看建築界同行們繽紛絡繹遷往上海大世界發展，心初始微動後，居然捨不得離開這個住居久了的城市，像鼻息俯仰皆已彼此了了然的舊伴侶，雖已無力再判識彼此的優劣品等究竟，也同時無心割捨黏貼難分的生活姻緣，只好甘了心認命的決心守著自己在台北東邊這小小的家窩不散不離。

這兩週忙著換房貸降利息的事，眼看再來每月付房貸款可省數多千，不禁樂開懷，但有朋友掃興就說：「是省了幾千，但你細算過本來已經剩十多些年的貸款，這下又變回二十整年了，究竟是好是壞呢？」我並沒去細算這些芝麻總金額的輸贏，但本來五十餘歲就可了卻的貸款冤債，這下要拖到六十好多（那時會不會髮早禿齒早危了），的確教我心眼同蒙烏雲。

夏天時和建築師朋友謝英俊，在台北當代藝術館同作一個建築展。看英俊兄在展出作品中，侃侃撻伐高房價終生欠貸款的非人性，讓我豁然洞開窗，見到許多連房貸都無資格背負無家的人浮露來，其中當然包括社會中我們已習以爲常的弱勢者，與教我驚訝許多二十多歲初完成高等學業的社會新生軍。

一個初入職場的女孩對我說：

「我才不要和謝建築師去蓋什麼自己的房子。多辛苦！也不要買房子，誰要去欠那麼多錢，萬一哪天失了業怎麼辦？」

「不蓋也不買房子……那妳住哪？」

「租房子要合算多了。」

「有一天要是……要是妳老了，總不能永遠沒自己的家吧！」

女孩就低頭沒說話了。

沒有信心（或興趣）去擁抱承接貸款的新世代年輕人，他們未來在台北的家會是什麼樣呢？

《孟子・滕文公篇第三》說：「居天下之廣居，立天下之正位，行天下之大道……」教育部大概不好意思再用這段話來教訓年輕人了吧！這些彷彿大半將注定沒巢可歸的新世代台北無巢人，倒教我想起六〇年代英國的前衛建築團體**Archigram**，這群自稱是「**Boy at Heart**（天生童心）」的建築專業者，在他們由一九六一發行到一九七四的同名地下刊物裡，以筆描繪出他們對未來城市住居景況的揣想。

他們這些大量幻想般的圖畫，看似猶如漫畫卡通虛幻不實際，但其中所透露對未來的探看，卻驚人的與如今現實越來越貼近，例如他們認為過往所強調家與城市本有的永恆性，將被未來短暫的使用需求彈性所挑戰，住宅與城市都要能具有隨當下需求彈性改變的能力，擁有一個僵化不變的家並非好事；他們所提出一些未來城市樣本：插頭城市（Plug-in-City）、會走路的城市(Walking-City)、即刻城市(Instant-City)，都暗示著一種不必擁有占據固定物的新趨勢，城市與住宅應該隨著使用者的需求不斷調整，使用者也不必僵化駐守一固定屋子（並購買它），而可以有「何處不可爲家」的自由度（可自由尋找與需求相符的插座相連接），或城市也不是固定不動的（可自由移動去尋找喜歡的自然環境與祖國爲基地），或城市會隨此刻所需而轉變（像舞台布幕道具般）。

最近新世代的年輕建築師，已可見到對此觀點的延續思考，例如「口袋裡的家」的構想發展，就是家是可如皮夾般置放口袋，要用時再像金箍棒般拉出放大，並插上都市中所提供的使用機能來源插頭（如水電瓦斯寬頻，甚至共用客廳廚房花園等，並且隨你愛住仁愛路的綠道、或淡水河岸水面上、或總統府廣場都可）。

家是移動的、非不動產的、有機的、可調整的，是不必買土地買產權的，家因此是與貸款與指數型利率不相干的兩件事。

這樣的家與城市也許短時間內仍不可見，但絕非空想，有一日居家將是一種生活方式的選擇，而非一種終生貸款的牢籠。

那麼眼前的無巢人怎麼辦呢？孟子還繼續說：「……得志與民由之，不得志獨行其道。」好像是說貸得到錢也還得起的就繼續下去，不行的就得另外想自己的出路了。對於後者，我的建議是去找謝建築師，了解協力自助造屋究竟是怎麼回事，試試自己動手「獨行其道」自立造屋的可能吧！

這樣說似乎有些輕忽怠慢甚至揶揄的意味，但我絕非此意，台北固然越來越甜美可居，但是得付出的代價卻只會越來越大，與其要等待這個世界（資本家、政治家等）良心發現的說：「居者當有屋。」讓人如鳥如獸如蟲般的皆天生有屋可居，不如自己開始行動，和謝英俊共築自己的家園吧！

總不能像波特萊爾般的寫下台北版的《巴黎的憂鬱》：

昨天，一個神祕人物輕觸了我……

詩人般以虛無漂浮的生活來應付「無家」的失落感吧！

也是桃花源記

週前悠悠忽忽從溫暖乾爽的宏都拉斯回來，渾身上下飽飽的藏滿曬足足了三個月中美洲的陽光，覺得自己像隻已經預備好可以去冬眠的熊或蛇，同時也頗有「踏花歸來馬蹄香」的自我陶醉感，行走在濕冷的台北街頭還恍恍惚惚以爲猶然身在中美洲呢！

我是因爲北市文化局交換作家的身分，才得有這三個月有些虛無漂浮「桃花源記」般的經歷體驗。這樣來去跨國飛行的過程裡，除了人人盡知的時差問題外，我卻遭逢了平生第一次的「生活節奏差」問題，也就是從平日習慣台北陀螺般轉個不停的節奏，突然進入必須生活在一種緩慢平靜近乎無爲的狀態裡，這個問題出乎意料的顯現出比我預期更強大的適應困難問題來。

我記得年輕時旅行，見到西方年輕人悠然舒緩的旅行生活節奏，相對於自己的急躁不安，當時不免心豔羨且生好奇心，我有次就問了一個紐西蘭年輕人這問題，他回答我說：「呵，旅行是急不得的，需要時間來進入旅行的節奏的，像我就給了自己一年的時間，讓自己可以不被原先所習慣的節奏干擾，所以能眞正進入所旅行城市的節奏裡。」

我住入宏都拉斯小山村San Huancito時，就忽然又想起了這個紐西蘭人說的話。我的居所群山環繞並可下眺溪谷，天氣晴麗草木碧綠，與桃花源記所描述的村莊頗有些神似。同時因爲在S村的住所裡，無任何現代資訊與通信設備（電視、收音機、網路、電話）可用，加以整個山村至多半小時就可繞走一圈完畢，便自然而然的過起和村民類同「日出而作、日落而息」的生活來。

這樣的生活初抵時，有著恍似到達什麼度假村的興奮愉悅感，但隨著日子一日一日過著，手邊的書看完了、可忙可做的事也都做完了，就忽然慌亂起來不知所措了，甚至會開始懷想起在台北那樣一事接一事，讓人思考猶豫都不得機會的緊湊生活來。

「怎麼回事呢？」我不禁自問著。

這樣優閒舒緩的生活，不就是我在台北時日日思夢著的嗎？爲什麼偏還像是自虐成性的人一樣，明明已在天堂裡過著平靜幸福日子了，卻偏要不斷去懷想著人間那樣酸甜苦辣、百味俱陳的生活呢？

但在這樣困惑自問答的同時，我也隱約意識到我的內心裡，似乎滴滴答的有著一個自己的生命節奏鐘，正頑固堅持的非用著自己的速度擺盪著不可，而且我越去聆聽它，越感覺得它如磐石般的不可動搖性。

這節奏鐘是何時被形塑出來的我完全不明白。是在我求學時就隱隱潛藏著的，或甚且是更早在我童年家庭教育就被灌注入的，還是被我自己在發展生涯時的名利貪欲所敲鑿而成的呢？

相對於台北城節奏有如短跑競逐般的急促無閒暇，與S村悠緩漫流無向的節奏，我內心這座節奏鐘的敲擊聲響，就顯得原來才是眞正霸道十足、控制著一切節奏的關鍵所在。我在台北覺得窒息不愉快，在S村覺得鬆散無章法，其實可能都只是我自己這座鐘在作怪。

也就是說儘管世間每個城市都有著各自的節奏，我在旅行或生活其中時，都自以爲在試著去與它的節奏相調和搭配，雖然總仍然不能盡如我意，但我還是覺得是這城市的錯，是這城市或太快、或太亂、或太慢、或太無章，所以我無法自如愉悅的生活著，是我生活著的這個城市的錯。

但是在S村三個月的生活，讓我忽然聽見到我內在鐘擺的敲響聲，它的節奏是這樣堅定不肯稍作調整、它的韻律是這樣自以爲是的自信，我一邊沾沾自喜著自己居然有著這樣一座城堡般牢固的生命節奏鐘存在著，一邊也不免開始懷疑起來，究竟我爲自己所調整出來不可輕易動搖的這個節奏是對的嗎？

我生命的節奏是對的嗎？

〈桃花源記〉故事說著，在現世中處處節奏不對的個體靈魂，終於在意外的機緣裡，尋到了與靈魂脈動全然吻合的小村子，這樣內裡與外在環境的一致，就是人生生活當有的理想國度。

但是生命是這樣的短暫易逝，與其永遠尋尋覓覓的祈求能找到這樣的城市（像現世大多數旅人一樣，不明白自己爲什麼總是需要不斷的上路、不斷的去尋找），或許倒不如停下來試試看，能不能不再全然期盼這樣理想城市的出現，試著調一調自己的生命節奏，讓自己去吻合外在的城市，而不期待外在城市來吻合自己了。

這是不是顯得有些畏縮避世，我並不很清楚。我從S村這樣來去一趟，就想到了〈桃花源記〉的故事，也想到了古人以江湖來形容人生，然而江湖究竟在哪裡？是在我住居的城市裡，還是在我內心敲擺不停的生命節奏鐘裡呢？

我來去S村一趟，就不停的想著這問題。

山中有文明

去秋有機會到中美洲的宏都拉斯走了一趟。

我開著強壯無比的四輪傳動吉普車，由南邊潮濕炎熱的太平洋岸，攀爬經過西境臨靠瓜地馬拉的涼爽高山林區，再迴走到北邊氣候宜人、有著音樂美食歡樂氣氛的加勒比海沿岸。

這樣特殊的旅程，在我回返到台北現代文明生活時，卻奇異的像一捲不斷迴旋的曲子，常常逕自就在我腦中眼前的穿繞演奏起來了。近日當我開車走過台北市街，看著車窗外繽紛的都市文明有如繁花般歡樂盛放著，就尤其的會想到那個我去過、在西邊深山中突然消逝去的印地安古文明城市Copan來。

Copan是馬雅文明到達巔峰時期最重要的城市遺址之一，尤其是在建築與石雕藝術上的成就，常讓現代訪遊的人驚訝不已。一個西班牙的殖民地官員在十六世紀初見到這個遺址時，曾寫信提到對這個雄偉遺址的訝異，他說：「建造技術是如此精巧，幾乎令人難以相信會是出自住居於此、顯得粗糙同樣的人所建造的。」

這個城市的建構，大約是從西元一世紀到九世紀間，其中經歷了十七代的承傳統治，之後整個文明就奇異的迅速消逝掉，有學者推論可能是因食物來源出現問題，整個族群必須遷移走，但眞正原因也還是依舊神祕如謎。

我立在皇室住居位於高點的遺址張望，可以看見遠山綿延、河流在低處溪谷流過，以前大約是田地和城市的大片平原，現在已經被漫漫森林蓋飾掉。而皇族住居的地點，因全是由大塊石頭所建造，因此猶可見出居室、座椅與廚房等各樣功能的空間遺蹟。

由皇家住宅走出來，就是極浩大如現代巨蛋般的集會場，整個廣場是由白色大塊石頭所鋪成，聽說夜裡月光映照下，白光會繽紛反射非常美麗。這遺址在一九八〇年就被聯合國列爲人類文化遺產之一，整個白石鋪成的廣場，也因爲怕遭到遊客破壞，而被覆土植上綠色草坪，暫時見不到白石的風采。廣場中間還有一個球場，聽說當時的球員，也像現在的運動員一樣，會被英雄般崇拜與享有尊貴地位。離開大廣場後，如果繼續走上個半小時，就可以到達貴族所住居的區域，這裡的住宅也是用石頭造的，一樣可以見出許多當時生活文明的發展景況。

馬雅文明不僅在工藝上有傲人成就，其他在文字、數學、天文學上，也都有其獨特的演進成果，目前馬雅文字已失傳，僅存流傳的部分，學者也仍在努力破解中，據導覽我的印第安導遊表示，他還是會說他們原來的語言，甚至他們祖先所玩的球戲，他也依然知道怎樣玩。

我由宏都拉斯回到台北城市來，就不停的思考著文明的起落衰退這件事，生活在文明演進過程中的人，事實上是很難想像文明會有倒退的可能，就像股票在漲到萬點的時候，是很難讓人相信它也會掉落回到四千點的。

然而人類歷史其實是不斷在前進與迂迴的過程中演進的，不斷前進之後，就往往會出現一個像在倒退的迂迴時期，這時候事實上就是自然宇宙在質疑人類文明走向了，譬如馬雅文明在糧食供需上失衡，或人類在歷史上許多次因人口過多，所衍生的戰爭、瘟疫等等，都是大自然對人類文明適時質疑的反撲。

台北城市在二十世紀後期的不斷飛躍前進，還是延續著工業革命後的文明蓬發現象，而人類在享受這史所未見的富裕生活的同時，事實上也逐漸注意到

廣	告	回	信		
台	灣	北	區	郵	政
管	理	局	登	記	證
北台字第15949號					

235-62
台北縣中和市中正路800號13樓之3

印刻出版有限公司　收

讀者服務部

姓名：________________　性別：□男　□女

郵遞區號：__________

地址：________________________________

電話：（日）________________（夜）________________

傳真：________________

e-mail：________________________________

INK

INK PUBLISHING

讀者服務卡

您買的書是：＿＿＿＿＿＿＿＿＿＿＿＿＿＿＿＿

生日：＿＿＿＿年＿＿＿＿月＿＿＿＿日

學歷：□國中 □高中 □大專 □研究所（含以上）

職業：□軍 □公 □教育 □商 □農

□服務業 □自由業 □學生 □家管

□製造業 □銷售員 □資訊業 □大眾傳播

□醫藥業 □交通業 □貿易業 □其他＿＿＿＿＿＿

購買的日期：＿＿＿＿年＿＿＿＿月＿＿＿＿日

購書地點：□書店 □書展 □書報攤 □郵購 □直銷 □贈閱 □其他

您從那裡得知本書：□書店 □報紙 □雜誌 □網路 □親友介紹

□DM傳單 □廣播 □電視 □其他

您對本書的評價：（請填代號 1.非常滿意 2.滿意 3.普通 4.不滿意 5.非常不滿意）

內容＿＿＿ 封面設計＿＿＿ 版面設計＿＿＿

讀完本書後您覺得：

1.□非常喜歡 2.□喜歡 3.□普通 4.□不喜歡 5.□非常不喜歡

您對於本書建議：

感謝您的惠顧，為了提供更好的服務，請填妥各欄資料，將讀者服務卡直接寄回或傳真本社，我們將隨時提供最新的出版、活動等相關訊息。

讀者服務專線：（02）2228-1626 讀者傳真專線：（02）2228-1598

人類在工業革命後，對環境長期漠視的反撲徵兆，像臭氧層問題所引發的生態問題，已經是我們在這個新世紀裡，所不能不面對的現實危機與挑戰了。

所幸目前已可見到許多參與生活文明構築的設計人，例如空間或家具與產品設計師，都開始顯現出一種意欲與自然對話的傾向，也對自然生態懷抱著謙卑尊敬的態度。不管在居家個人小空間，或是都市整體大環境，宇宙自然已不再被視作不相干外物般的處理了，綠色的、有機的、和諧的、共存的人性生活環境，已漸漸取代以往後工業時期顯得冷漠拒絕的都市叢林了。

從消逝的馬雅文明遺蹟回來，讓我感念我已經擁有的現代文明，也讓我警惕到文明能否延續到我們的後代子孫，其實只存乎在我們對待自然時的微微一念罷了。

在生活中愛自然、敬自然，大概就是我們都可以開始做的第一步吧！

山海之間

幾年前有機會，在秋天時住到宏都拉斯一個小山村，前後近三個月。

1. 我所懷念的Yoma

村裡不知爲何並不常見到壯年的男女，我是猜想他們大約都下山去謀生了，所以小孩和老人就顯得多，當然各有地盤的狗和漫行無方的驢子，也總是日日在眼前穿走來去的。

Regina一人就養了三條狗，我最喜歡的是已經十六歲的老母狗Yoma，散步時也愛帶她同行。她十分沉靜，好像總是用洞燭一切的目光觀看著周遭一切，她並不隨便吼叫，更不會向人搖尾乞憐示好，有種即令是人類也少見的自尊與貴氣。

我們散步時，Yoma常是忽前忽後的自己走著，但她會不時投注向我來，以確定能與我的步伐方向相配合。村裡大半的狗都認得她，但有些年輕好勝的狗還是會來挑釁，Yoma大半就視若無睹繼續伴我走著，如果那狗喧囂過度了，她會轉身的撲過去，把汪汪的狗壓制在地上，再回來繼續與我同行。

Yoma雖年邁但依然矯健強壯不輸年幼的狗。

村子後山是座國家公園，徒步蜿蜒上山要走兩個多小時才及入口。園裡的森林終年罩在雲霧裡，是屬於雲林（Cloud Forest）型態的公園。

我在臨行的前一日，就興起帶Yoma去走這雲林。Yoma那日顯得格外疏離，在雲霧濕意山徑中穿行時，Yoma會忽的就撲入漫長的草叢裡，追逐什麼我並沒有見到的動物，然後又突然的回出現來。

但她始終不看我也不與我靠接近。

下山的時候，她有次又穿竄入林中。我走了好一陣子後，仍不見她回來，就開始有些擔心了，於是喚著：Yoma！Yoma！卻毫無回應與動靜。我立著等她並不時繼續喚叫，最後見天色漸漸暗去，只好自己走了，我知道Yoma其實比我還熟知這條山路，我並不用擔心她的。

見到村子的時候，Yoma忽然又竄出到我的眼前來。她渾身濕透氣喘吁吁，我攬她過來拍撫她的肩背，猜想她其實一直跟著我，只是她不走小徑偏要穿躲在漫草中不讓我見到，才沾得一身濕漉漉的。

Yoma此時就抬臉望著我，她的眼中有一種哀傷與責怨，好像我做了什麼對不起她的事。我於是忽然理解到：原來Yoma根本就早知道我明天要離去的事實了。

隔日離行前，我想和Yoma告別，卻沒有人知道她跑到哪裡去了。

2. 海經：紫魚

海邊的屋子直接濱臨太平洋，對岸有座漂亮的火山島，左右遠眺薩爾瓦多、尼加拉瓜都清晰在望。屋子是仿西班牙式的南歐風格，前面有一水泥堤岸突出水中，屋旁是小小的黑沙水灘，落潮時可躺在沙灘上曬太陽，漲潮時海水就把這沙灘全覆蓋去。

乘小船可到火山島，山腳是個衰頹的小漁村，這兒在十九世紀時，一度是太平洋岸漁業的中心港。我在島上隨意走著，太陽十分熾烈，村子有種正衰敗、不再有人細心看視的荒廢氣氛，漁船三兩泊在水面，孩童在沙灘上踢球競逐著。

夜裡我躺在露台上，聽海浪一波波擊打堤岸的聲音，睜眼看著滿天滿天的星子，心思馳飛竟不能眠。就起來靠著堤欄看向水面，臨水邊有一盞昏黃的燈，在水上照出一圈暈黃鏡面樣的光，我望著這光環，忽然發覺光影中有一條游動著的魚。

是條細細約一尺長紫色的魚。

紫魚優雅繞游在光環圈裡，兩個眼睛長在頭上方，會骨碌碌轉著的盯視著我。我取來早食的麵包，丟了一小塊到水裡，紫魚並不搭理的繼續絲帶子般漂游著，我想或許牠並不愛素食，就又丟了塊起司下去，牠還是不受驚擾恍若無事的自在游著，眼珠子也依然轉著望我不移，彷佛嫌我多事了。

我望著紫魚一會兒，就回露台睡覺了。

隔晨醒時我想起紫魚，回去探看，潮水已退得很遠，什麼蹤影都見不到。我望向遼闊的太平洋，想著紫魚在這無際的大海中，不知是否也仍能像昨夜一樣優雅來去，不受他物干擾呢？

當天中午我離開海邊，回程車上不斷想著紫魚。但也逐漸懷疑著，昨夜我所見到的紫魚，是眞實的魚或只是一場夢呢？

聖通霄——白馬以及屏息的遠方

我去通霄共三次，都是與七等生同行。

第一次是聽七等生說起要回鄉掃墓。

「但是清明節不是已經過了嗎？」

「所以才要現在去啊！」

「喔，我也一起去好嗎？」

並沒有問是掃誰的墓，但我心中閃過兩個影像，分別是光復沒多久他十四歲就死去的父親，與二十四歲服役時因肺病離世的長兄玉明。

七等生要我駛離高速路走一條濱海道，我沒有說話，我素不喜人指喚我行車的路徑，但又自知不善記憶往來行道，便只靜默不言語。

喃喃低聲自言語著：

「通霄……啊！通霄究竟是什麼模樣呢？」

知曉通霄是大三時初讀七等生，立刻著魔般迷戀上七等生的文學，也連帶故鄉般思憶著這個叫通霄、許多故事場景源處我並不明白的小鎮。我日後屢屢暗自想像那個豐熟富庶的青綠田野當是鎮郊連綿，以及傳說日落前奔自虎頭山頂的白馬，帶引九個單身漢闢出甜美「田中園」……

小說〈白馬〉裡，七等生讚嘆這塊稱作「田中園」的土地：

我從來不曾見過這樣美麗的稻作，這一帶彷彿是神的特別賜給。

見到通霄我有些失望的感覺。

小鎮露出一種失去信心與期盼、台灣鄉鎮習見的衰敗姿貌。我把車子停到一家顯得比較優雅有冷氣簡餐咖啡的店門外，店主與七等生舊識，七等生說他當年住到山上自己蓋的屋子後，就少回鎮上往來行走，偶爾會特意來這家新開有著像西餐食物咖啡、並也如城市一樣放起古典樂的店。與我年歲相仿的老闆十分興奮我們的到來，親自奔入廚房為我們煮食遲了的午餐，店裡無人，大燈也沒有亮起，年輕女服務生無聊看著懸在上方大聲的連續劇，身後魚缸游著紅色的魚。

飯後，後生老闆說要開車送我們掃墓，七等生堅持不肯。就自己蜿蜒上山，經過他最後搬離通霄前的住屋，這個費盡心力，也讓他屢次沮喪、生氣，甚至憤怒、自費雇工搭建的工程，現在隔著馬路亭亭與我們對立，七等生溫潤目光凝望，說：「你看，那兩棵樹長大了多麼好看啊！」

墓地並無步道可攀爬，必須踏踩跨步許多不相干人的墳墓，我略感膽怯不安，七等生則興奮帶頭莽行，並似乎不確知要訪的墓地確實何在，到達時我們都歡欣鬆口氣。墓前有枯花而雜草全拔乾淨，顯示前曾有人來過，我們並沒有攜來新鮮的花，但七等生在入山前路邊買了一把香。我轉目瞰向遠處山腳的村野風光，近處則是滿目零亂的墓塚，〈回鄉印象〉裡七等生寫著：

> 我的母親指令我必須回家，經過多少年來的猶疑與改變，她終於願意和決定將家族中已死去的人的遺骨合併成一墓，……信上她說：「時間過長了，污濁的靈魂受天地的洗滌後已可交融……」

文中的男主角去山上看傻仔父子撿骨工作，猥瑣傻仔的女人由山下挑水上來，半途扭膝摔翻了水，男主角奔下去……

當我伸手把她扶起來時，我嗅到一股微微的花香圍繞在她的頭部四周。然後我看到陽光在她灰黑的髮上照出一小片白色，那是一朵結在她右耳上方的白色香花。

當我扶她進屋時，她又自感羞赧地說：

「夭壽密，佳都和（這麼巧）。」

是男主角青春初次性愛宿過就不曾再相遇、飄著神祕白花香味的同個婦人。一個少年初思戀上神祇般的女人，竟在家族撿骨時遇上，而且還是猥瑣無人看得起傻仔的妻子……

「你看，那邊就是我寫過的黑橋。」七等生轉靠來說。

「就在那裡，看到沒？」指著問我。

我茫然虛點著頭並沒有尋索到，又聽他說：「下山我們去看黑橋。」

七等生童稚一家為躲美軍空襲而避到鎮外的呂家農莊，由鎮裡通往呂家必要過一條溪流與溪上的黑橋。我們在狹窄溪旁停妥車，七等生說灰白簡陋、扶欄都無的泥水板橋就是黑橋，我不敢相信的自問：這就是那個應該既優美又浪漫的黑橋嗎？

〈散步去黑橋〉有著近乎一模樣的心情寫照：

在灰暗的黃昏中，邁叟說：

「黑橋，那就是黑橋！」

我鎮靜且頗不以爲然地說：

「但那是一座灰白的水泥橋啊！」

此時邁叟十足小孩似的坐在土丘上，熱淚奔流慟泣而傷感地說：

「是眞的黑橋——」

遠處山腳一排紅瓦的農舍，說就是呂家的農莊：

「你看到屋前那幾棵龍眼樹嗎？一次颱風來打落滿地成熟的龍眼，我和大妹冒雨撿回來許多龍眼當飯吃到飽。」露著回憶時才有的微笑。

「後來呢？」

「後來日本戰敗，我們就搬回鎮上，呂家那時對我們算是很不錯的，我也一直懷念那段農莊的生活呢！」

民國三十五年，七等生（當時八歲）的父親劉天賜，因爲只會日文不會漢文，而失去他原本在鄉公所裡的職務，此後一直失業在家並六年後離世，一家因此陷在窮困的生活景況裡。

紅瓦農莊和我們站立的黑橋間，橫立著一個突兀的大釣魚池，池邊用鐵網高高密密的圍著，顯得豪華不相稱的轎車停落下，幾個男人走下車望看奇異不知所措的我們，又立刻轉走入黯著的池畔屋舍。池邊有人釣魚，此時天空陰著不落雨也沒有太陽，但他們都打有一把固定在地上極大的花傘。

「要去呂家農莊看看嗎？」我茫然的問著。

七等生點著頭。

前往呂家時我心情沉重，因爲我知道農莊的記憶，必會勾引出七等生對他大妹敏子的思憶。在〈諾言〉裡他寫著：

那時我十二歲，妳是十歲，母親把妳寄養在鄉下的一個姓吳的農夫家裡。我們的童年就這樣活在同一個地區而卻住在兩個不同的屋子裡。……當妳每日清晨自農莊步行來鎮上上學時，總不忘在書包裡藏些農莊生產的果物，將它們帶來給我。……每天我總會走到沙河橋頭去等妳，妳在遠遠便投出光亮的眼神和加快腳步。對我而言，妳是個安琪兒，既美麗又仁慈。

少年七等生當時曾經一人去農莊過夜並探看辭行大妹敏子：

在我要離開小鎮到省城進中學的前一天，妳要求我去到妳義父母的農莊。就在他們慶宴的那一天，我與妳步行前往，妳引領我進入山區，步入妳生活的世界。……沉默片刻，我以爲妳已睡著，突然聽到妳羞憤的發聲說：這裡雖然有吃有穿，但寧可回到鎮上親兄弟姊妹的貧窮家裡。我毫不思索地回答：等我長大，賺了錢，一定把妳贖回來。妳開始切切地哭泣嗚咽，我摟著妳多頭髮的頭顱，也流著眼淚。妳唱的歌如今在我的心中不斷迴響著……

我們停到呂家農莊坡下竹林邊，順著土徑走上去直橫排三家連棟磚砌的房舍，應是新修過顯得強健穩固。七等生問一個包著頭巾的婦人某人的宅第在哪裡，婦人初時聽不懂，後來懂了就側身指著尾間的房舍。

我們走到最後一家，堂前的屋埕空寂無人。

「有人在抹？有人在抹？」七等生邁進去大聲問著。

一點反響都沒有。

「大概都外出了吧！」我低聲說。

忽然側房紗門咿呀張了一個縫，國中大小女孩縫中探頭望出來，七等生走前問著某人的名字，兩人低聲交換言語。紗門又咿呀的關了，七等生回轉來，說：

「人不在，小孩完全不知道我是誰，走吧！」

這時天已經露出將暗下的徵兆，都知道是當回返台北的時辰了。

這就是我初次去通霄的記憶了。

之後又同七等生去了兩次。一次是拍他的紀錄片，在海濱浴場宿一夜，並走了更多地方，包括沙河、圓滿和樂天地酒家、虎頭山、農會以及他長大在鎮上的房子，另一次陪客和一個雜誌社去拍七等生與通霄酒家的報導，但我常會把這幾次的記憶混在一起，弄不清究竟哪個是哪次的了。

或者通霄因此得以模糊縹緲、遙遠一如我青春年代永遠在遠方的文學聖地。如今我雖中年並屢屢粗魯驅入探看，見到通霄依然眞實存在，但通霄應該是那個我只能屛息眺看的永遠的遠方吧！

那趟回程，七等生忘了提醒指引我如何驅車認路回返台北，我則想到他許多令我無法忘懷的文字，這些文字讓我想到他、通霄，以及我因此而生的哀傷感覺：

每當他走到冷街，由那個門户的縫隙洩出的音樂（猶如那漏出的燈光）從未間斷。他每晚必來，直到有一天，這個城市的人突然感覺他不知在何時失蹤。

他的行李依舊留在旅店。

蝶戀花兮花戀蝶

我完全不戀物。

但是沒有人相信我。

我現在就坐在我小小夾層公寓的中央四望，也信心動搖起來對自己喃喃說著：「這個塞滿各種無用東西的屋子，住的肯定是個超級戀物狂。」

的確，我屋裡有三座從酒吧廝混著拿到、半人高的啤酒廣告霓虹燈，還有兩只路邊撿來的檯燈，其中一只是在酒吧外撿的，是有生力啤酒倒著酒圖樣的旋轉桌燈，有點像王家衛《春光乍洩》裡，張國榮常望著作夢的那個旋轉瀑布燈，只是我的是手動的，望一回得手轉一回，金黃啤酒也立刻源源傾流注入逐漸滿溢的大酒杯，教人涼意與酒境同起。

當然還有一堆非偷非撿身分清白的燈。有一只是朋友用汽油加侖透明塑膠筒子特意做給我的，做得不精密，有次歪倒地上把木地板燒起個洞。浴室裡那個浪漫的紅色座燈，美是美，也有些現實作用，只是常在沖澡完、忘記塵間俗事舒暢極了要關燈時，就狠狠觸我電，把我裸身電得彈跳起來。

火災也罷、光身子觸電大叫也罷，就是不捨得丟掉任一個燈。

而燈只是我屋裡物滿爲患的其中一個項目而已。

這樣算是戀物嗎？

他們說絕對是。

不，我依然覺得我是完全不戀物的人。

我建築研究所畢業後到芝加哥工作，四年半內搬了四次家，遭過四次小偷，其中一次還隔著廚房小窗兩人面面相望，我當然嚇壞了，但那個年輕小傢伙比我更怕，轉頭自己就跑落下樓梯，瞬間無影蹤去，看他這麼氣衰，我居然也壯膽的作勢追了一小段路呢！四次偷下來，現實物資的元氣大傷，但是我記得當時反而覺得清爽爽，有孤兒寡母無親無故好不俐落省事的痛快滋味，完全沒什麼缺肉少骨的傷痛感受。

其中一次室友先發現遭竊，我回返時屋裡來了兩個刑警，看啊問的弄了大半天，回頭讓我和室友吵一大架，我怪他沒事去叫討人厭的警察來屋裡幹嘛，他覺得我太不可思議：

「你知道我們被偷了電視、錄放影機、收錄音機……嗎？」

「我知道……」我說著。

（暗自想著：可是那些被偷的全是我的東西哪！）

室友如臨大敵，開始閱讀購買槍枝的目錄，說是必須要有武器自衛。我注意到的是錄放影機的遙控器偷兒忘了帶走，想怕非要回來取不可的吧！立刻把遙控器懸線吊在偷兒入來的窗外，只差沒貼上「請免費取用」的告示。室友後來同意不買槍，交換條件是，得把所有長木窗都用鐵釘釘死，只留出一條細縫透氣，小偷進不來，我們也悶不死。

那之後有長段時間，我和室友就住在空蕩蕩、無任何現代娛樂電器的屋裡，夜裡只能望著那個一直沒人來取懸晃窗外的遙控器，過著有些清貧陶淵明般的日子。

但是我並不覺得有什麼不好，也成了我並不戀物的第一個自我證據。

後來我決定搬離芝加哥到鳳凰城，一度的戀人現身說：

「你怎能這樣完全不帶感情，人啊事啊全拋在身後一走了之，一點不痛不傷也不哭的。」

聽他這麼說，當時的確錯愕也有些羞愧，眞覺得自己是個狠心無情意的負心漢，但是立刻質疑起來：

「我對你無情意……？可是不是明明就是你把我先甩了的嗎？」

大概就算是先甩人的人，也是受不了被甩的人居然好像沒事，可以照樣又吃又喝不痛不哭的吧！

倒讓我發覺自己除了不戀物，而且就算被甩了也還是不戀人。

戀人當然比戀物麻煩，這個不用解釋人人皆懂。我不但怕死了去戀活人，甚至連戀上什麼會動的活東西，都避之唯恐不及；貓啊狗的，是絕對敬謝不敏，但日子久了，身邊的友人都懷疑我沒有心肝了：

「你怎麼會不愛死了這ㄇ—ㄜ——可愛的小貓咪呢？你——究竟是有什麼問題啊？」

像暗示說我不是正常人似的。

就硬著頭皮在超市買了一條鬥魚，說是不理牠也死不了的，並特別在友人來時展露出來。

「怎麼可以在瓶裡放植物啊？」友人發出不平的抱怨。

「這樣牠有樹根可以穿來穿去，自己一個才不無聊啊！」

「樹根吸收氧氣，鬥魚會沒有足夠的氧氣呼吸的，你知道嘛！——嘛？」

立刻起來去洗檯換有新鮮氧氣的水，安撫怒氣沖沖的友人，誰知倒水時鬥魚就一溜煙的滑出來，並順著沖入下水道裡去。

「啊——啊——啊————」，聽到友人尖叫不停了。

這是我生平第一個活寵物的下場。

第二個活寵物是別人送的黃金鼠，說又可愛又好照顧，而且直直攜到我家推拒不了，就硬著頭皮養了下來。但是那黃金鼠聰明絕頂，可以在我不見到時，自己撥開細鐵絲欄柵鑽爬出來玩，再鑽回去沒事的吃東西。甚至感覺得我睡覺時，牠也會跑出來上到我床上來，連覺都不得好睡的毛骨悚然了，立刻原封堅持送還給那個始作俑的友人去。

兩次寵物的經驗，只是更證明我對活物毫不眷戀。

但不戀活物，在這時代好像變得政治非常不正確的了，會在背後讓別人彼此說著：

「連小動物都不愛，EQ會是正常及格的嗎？」

「沒有能力和寵物住一起的人，能與他承諾什麼嗎？」

別人以爲我戀物的印象逐漸消退去，愛情的可信度指數也跟著大跌。這看起來似乎還好，其實可是災情慘重，因我雖不戀活人，對偶爾賞玩活人的興趣卻依然很高。但是對方驗證你可靠度的方式，常常就是看你有沒有能力照顧好其他低智商的活物：

「沒有狗……，貓也沒有……，魚呢鳥呢小白兔呢？」

「都沒有……，有這種人？……那以後再聯絡了。」

連一夜情都要先查戶口名簿看有無貓狗的。

我賞玩活物的機會因此要完全枯乾，只好變通在陽台種些植栽，洗浴時直接用蓬頭澆完一列標兵樣的綠東西，一點不費事也證明我可以與活物共生。但實證後效果有限，似乎貓狗不知何時的，已具有某種象徵人格完整度的地位了，不是綠色植栽短時間內可以取代得了的。

就掙扎在魚與熊掌間（是當狠下心的養貓或狗，或是乾脆清心寡慾別再去想賞玩任何活人了），人生突然陷入兩難的絕境裡。

開始今是昨非試圖證明我也戀物的過程，全遭三振或封殺，無一人相信我。

後來看到賣活物標本的店，豁然開朗立刻買了一隻白番鴨回來。白番鴨亭亭玉立又神氣，讓牠立在入口門邊，來見過友人們的反應複雜，有甚至錯以爲番鴨是白鵝、完全五穀不分的：

「不是鵝……是鴨？但是……怎麼是白的呢？」

像第一次見到白種人時鄉下人的說法。

「人都有白的，鴨子爲什麼沒有？」我說。

「也是……，屋裡有動物……是很好，只是……是死的啦！」

「現在雖然是標本死的了，可是以前不一樣是活生生的嘛。」就爲白番鴨辯解。

「也是，也是……，只是……」，還是不買這個帳。

這隻標本鴨，目前似乎有些愛鴨及屋的說服力（但是尚缺臨門一腳的功效）。而且我堅定認爲死的活物，絕對優於活的死物，像我心儀的藝術家不全都是死的活物嗎？要做的只是得說服那些可賞玩的活人，說我是眞有愛心的戀物（人）者吧！

或就編個感人故事說這鴨晨昏伴我七年餘，死後依舊不捨得牠離開我目光，說不定就可讓人相信我眞是個戀物者了。

但是到底應該要證明我是戀物或不戀物的呢？（完全混淆了。）

至於爲什麼屋裡堆了這樣多無用之物，老實說我也不明白，我看蝴蝶一朵花接一朵花停駐下去，完全不嫌多的，也沒人說蝴蝶有戀花癖，而且搞不好根本是花在戀蝶，只是花天生看來像個無辜受害（受寵）者罷了。

在我思索這莊子般的問題時（你又不是花你又不是蝶……），也掉入我究竟是花還是蝶的迷陣裡，而關於我究竟戀不戀物這樣形而下的問題，就忽然可以完全不再去想的了呢！

眞好，戀不戀物又干卿何事？

不是嗎！

愛書愛浴缸愛冰啤酒

我一直以爲是因爲我從小害羞導致我與書的姻緣。因爲害怕應對大人和小孩，就不斷以書掩面鴕鳥般的迴避這樣的壓力。

但我日後年紀長老，有時逐漸會回顧起幼年時自我的身影，開始懷疑那個害羞的男孩，是不是有可能根本是眞的愛閱讀，而害羞只是使他可以更理所當然閱讀的藉口呢！

我在小學一年級剛開學沒多久，得了腎病被當急性肝炎誤醫，臨死邊緣被送往鄰近大城挽回生命，但一人留住在空大的榻榻米病房，爸媽會在週末輪流來探視我，我在康復的過程，常常是一人靠著木欄杆窗檯，望著樓下那個陌生城市街上行走的人車。一天爸爸告訴我就快可以出院回家了，他用歉疚欲補償的表情望我說：「告訴我你要什麼？要什麼我都買給你。」

我記得我的回答是：「我要書，我要很多很多書。」

爲什麼會要書呢？

我到現在依然不能懂得那個七歲男孩的心靈是如何運作的，但是我卻不會忘記我返家那日見到一整大疊新書陳列候我時的興奮感覺。

五年級時，全家由屏東搬到台北，我初歷學習與生活適應的困難，我記得學校要選課外活動組別，我唯一的好友堅持要我和他一起加入足球社，我痛苦的考慮了很久，還是選了閱讀社，我也依然不明白是愛書或是膽怯使我如此作選擇。

但我回想那年歲的我，也記得我在無人環視不會令我不安時，依然是愛閱讀的。我會看媽媽的《皇冠》、《南國電影》，會日日期盼讀《中央日報》的武俠連載，五年級時家住金山街日式房舍，後院加蓋一間閣樓給念高中的姊姊住，我在放學時愛跑到她的閣樓，看遠處落日照在一間間一個模樣成串灰瓦的屋面上，有貓會穿出入這樣的景色裡，就在那裡我無意中發現了瓊瑤的小說《紫貝殼》，書的內容我已經忘了，但我記得自己如何在那個閣樓裡，第一次爲一本書涕淚交加。

高中時有一女國文老師，愛在上課一半時突然停住，不說話就轉身在黑板上寫下一句剛掠過腦中的古詩句，也不解釋的就又繼續她的講課，我就會立刻在課本上抄下這句詩。我就是在那時開始迷上了唐詩，我還記得很清楚有次她寫著「記得綠羅裙，處處憐芳草」的神情舉止。

大一時有個同班好友，上課無聊時常相望無奈何，他就會突然伏首抄寫，一會就遞過來一闕完整的宋詞讓我解聊，他驚人的可以輕易從肚腹中掏背出一首又一首冗長宋詞的能力，也誘引我進入了詞的世界。而另一個同學在校園旁的書店打工，我當時一星期都會要從生活費中擠出買一本書的錢，有些書太大太貴買不起，我的同學會夜裡下班時帶出來借我閱讀，讀完再偷偷放回去，那時我沉迷的是文學與一些其他像新潮文庫的書。

上成功嶺時十二指腸潰瘍，住軍醫院時讀完全本《卡拉馬助夫兄弟們》。病床對面有個也年輕的人，每日要被抽脊椎液幾次，每次抽時他的表情都痛苦難忘，我就埋首入我的小說不去看他，有人偷偷對我說他可能活不久的，他卻極樂觀愛逗笑。

出國留學前猶豫要不要帶文學書出國，最後帶了一本陳映眞。到了美國第一個聖誕節雪紛紛，校園空寂全回家過節了，忍不住思鄉情緒，把朋友處的一全疊香港女作家亦舒的書抱回來一口氣讀完，又借了《水滸傳》一看就入了迷，看完還用《水滸傳》的語言寫了篇留學生的愛情故事呢！

後來到芝加哥工作幾年，因爲想加強英文閱讀能力，刻意不讀中文好陣子，英文閱讀能力那時又不好，是我閱讀青黃不接的一段時期，但在芝加哥時是八〇年代中末期，那時開始第一次閱讀到大陸的當代文學風格，印象很深刻。

九〇年代回到台灣後依舊閱讀，讀文學也讀其他領域的東西，曾經因爲戀情的關係，開始大量讀起社會學、人類學的書，戀情後來結束了，但卻因此讀了不少好書。在這段同時期裡，或是年歲的關係，會把大學時代念過的有些書又翻出來重念，像我前陣子再念托瑪斯曼的《魂斷威尼斯》，就極爲震撼感動，與大學看時覺得平淡的感覺大不相同，有些大學時極愛的書，現在卻連去翻開書頁的興趣都沒有了呢！

我現在工作壓力太大時，最愛的事就是回到我公寓，泡到陽台上的熱水浴缸，喝罐冰啤酒讀書看窗外的山，很多書都是在浴缸裡讀完的。幼年時弄不明白是眞愛書還是害羞膽怯，現在也弄不清是眞愛書還是更愛熱浴缸冰啤酒，但是管他的，是眞是假是藉口都無妨，就繼續閱讀下去吧！

原來文字可煉金

在我寫下有關她的死亡的夜晚，她時常來入夢。

——舞鶴〈祖母之死〉

一場近乎戲謔祖母死亡臨別前家族人間的悲喜劇。

我讀這篇簡短約五千字的小說，直覺的反應是震驚。對舞鶴那樣冷淡漠然看待人世近乎絕然失望態度的震驚，彷彿對將逝去一切因無可如何的雖感傷也只能用棄絕態度面對，對將臨或已臨世界的不期待便疏遠遙觀置身遠處。舞鶴像飄自己於過往與未來間無落的雲吧！也對舞鶴的中文文字居然能在影像呈現與音韻優美性上達到這麼樣成熟度的震驚。文字風格強烈清楚字字扼要不多餘，音韻節奏優美如詩，影像準確晰明又允許豐富聯想，小說技巧嫻熟出色令人震驚。

> 每日一回洗身軀時，她兩隻腳拇趾死死相勾著。護士必要劈撐開大腿肉才擦得到下體，——這是她平生遭遇的最大侮辱了。

久違了王禎和般直接攤露人生難堪屈辱小細節於衆人前的殘酷，但又沒有王禎和那麼多因不忍於是又急忙以喜劇笑鬧來蓋飾的入世情操，舞鶴堅持維持住他遠觀的距離，無論所愛者在眼前如何自毀凌虐、如何苦苦哀求都不爲所動，有如豎琴手奧費斯入地獄攜出亡妻，卻因動情無法自抑回望妻子，因而又失去所愛者一般，不忍與自抑、絕情與多情，舞鶴的身影飄浮閃爍難於辨識。

也許便就因此王文興般投身鍊起自己的私密文字金子了。讓文字築起另一個人間世界，以文字代替人、影像與樂音，再多的攤露與回望，在這鍍金的宇宙裡都是無痛無害的，多情與不忍或就眞的是文字世界多餘的情緒了。

再看一眼舞鶴的冷凜與戲謔：

草花街某大户老姑娘四十三歲生日那天連吞了六、七十口唾液嗆死自己，還有過去她皈依的菜堂老尼師在眾目之中硬硬閉目閉死自己。

無聲的寂靜的哀傷

近日讀了一些二十世紀初期日本作家作品，除了訝異他們在當時已經成就出這樣驚人的小說藝術外，對作品中流露出人性在時代巨輪下，雖不可免的卑微如浮萍，卻各自有著其令人尊敬的品質，如森鷗外筆下那些有著高貴心靈，面對坎坷命運不控訴也不退讓的人物，或是像坂口安吾以隨波逐流無所謂態度來抗議人世的無常無道。這些作者們藉由筆下角色的人生，彈奏出一曲又一曲動人的樂音。

其中我尤其喜歡森鷗外的小說〈山椒大夫〉，每次看完哀傷不能自已。

小說這樣起頭的：

一群奇特的旅客在經越後春日到今津的路上行走。母親剛過三十歲，帶領著兩個孩子，姊姊十四歲，弟弟十二歲。

森鷗外以樸素平淡的自然主義手法鋪述出這三人離家欲尋失散的丈夫（與父親），卻在途中遇人販把姊弟賣爲奴並與母親離散，姊姊最後投水以助弟弟逃離，弟弟日後在姊姊投水的沼澤畔建立尼寺，並無意間在一農家尋見已目盲形如瘋婦的母親。

森鷗外默然接受人間的慘澹不平，把希望放在比人更高遠的力量上，沒有對施惡者的懲罰與報復，只有對受傷心靈寬大的撫愛。

小說中姊弟兩人一夜被拉出用紅鐵在臉上烙下十字印痕：

兩個孩子幾乎在創痛和心懼中昏倒，忍耐著不知怎樣走回了三之柵門的小屋。倒在臥鋪上的兩個孩子一時之間像死屍般靜靜不動。廚子王突然喊道：「姊姊，快拿出地藏菩薩。」安壽立刻起身，取出肌膚上的護身符袋子，顫抖著解開繩子，從袋子裡拿出佛像放在枕邊。兩人分據左右磕頭。這時，咬緊牙關也忍耐不住的額痛頓時消失了。

森鷗外似乎哀傷的對我們說著：「……人間的苦難本是無法在人間得到眞正撫慰的……」

讀森鷗外的小說怎能不覺哀傷？

我甚至就像一個謠言

史鐵生三十多萬字、有濃厚自傳氣息的小說《務虛筆記》，是樸素含蓄的書寫，我讀後覺得喜歡也敬佩，絕對值得你我舒緩的茶香閱讀。

敘事手法平淡中有玄機，第一人稱的「我」啓了小說序幕，故事卻以第三人稱拉展出個體生命與時代波瀾間血肉相黏貼的姻緣；近乎透明飄忽的「我」，是無所不在隱身的鬼魂，屢屢冷不防的穿入來，自在與故事角色對話，挑戰敘事者主客觀位置，以及故事與讀者的安定距離。

史鐵生以純粹乾淨文字，款款寫出從容優雅的動人故事。小說由一場自殺悲劇起始，這濃烈飄繞死亡氣息的序曲，子宮般孕生預告了接續「我」的無辜出世，有如黃昏褪盡前忽然的一抹斜陽，悵然向暗室石壁急急扣問生命與死亡的究竟（美麗蒼白的玫瑰花，獨一枝插落霧白空玻璃瓶裡）。故事自此多元多向漫出去，殘疾人C、畫家Z、女老師O、詩人L等等一整代人，一邊各自童年生命成長，一邊同同奔赴文革時代大河命運去。

小說自在穿梭於記憶與玄想間，也以此來對抗所有悲劇源處的現實，這樣矛盾「務實」與「務虛」間的張拔，構成史鐵生極爲殊異的文學特質。對外在掩天覆地現實世界，他抑住情感冷眼觀視，並轉身沉潛入靈魂深處的姿態，讓我想到同樣從自我童年款款說起的普魯斯特。但是普魯斯特以寬容蜜汁伴佐的咀嚼著逝去的悲喜時光，史鐵生卻以哀切低語，頻頻召喚那些從未被實現的諾言，也同時清楚知道這些承諾將永不會再現。

他最迷人處不是與現實的遭逢，而是逸出或溺入自我記憶與玄想時。那裡，我們見到他對生命與愛情的相信；那裡，眞實雖離開現實，卻奇異更顯眞實。或因爲他其實正向著一個更廣大的時空說著話，眼前你我的現實，頓時對他無關緊要了。

後段故事，自最具「我」身影的C，因殘疾坐入輪椅後，迅速墜轉入無可脫逃的現實情境裡，對話與絮語忽然失卻剝落本可翔飛的羽翼，喃喃蹣跚於史鐵生並不愛的現實裡，加以想要在故事結尾的現實中，爲這些流離靈魂各尋回歸所，使得書寫語調風味，褪去早先回顧童年以及各段愛情故事時，那種幽幽然謎般的韻味，是可惜處。

小說寫時代寫衆生，但我們卻在裡面見到一個恍惚獨自闌珊的身影，兀自呼喚愛情呼喚著童年，忽然明白了：原來衆生皆他一人，一時代就是他一生命。史鐵生刻意（卻不彰顯）用不同調的頻率波長，穿走過你我無覺的人間，他很清楚他的文學是什麼，他自信也優雅不喧囂的走著。

書中他寫著：「我甚至就像一個謠言。」

或許他眞的是個謠言，但這謠言卻無比眞實、無比感人。

史鐵生比眞實更眞實。

生命本是流光印象

安卓·庫魯梅的《陌生語言的樂音》，讓我想起來印象派（例如莫內）的風景畫作，是普魯斯特所呈現那種時空飄忽碎化的世界（又虛幻又眞實）。

庫魯梅的語言舒緩如退怯敏感男孩，敘事時的客觀模糊則類似印象派畫作，將一切現實全化爲破碎的點狀（世界奇異的因而更眞實了），時空變得忽遠忽近飄忽不明（也奇異的更貼身清明起來）。

庫魯梅是說故事的絕佳好手，他像一棵自信的樹，向天空張出不斷分岔去迎迓的枝椏，完全不願承認陽光的不可挑戰性。小說追述一個四歲逝去父親男孩成長爲物理學家後，與好友歷史學家因一個無心遊戲，所導出的重大悲劇故事，以及其他慢慢自行揭露開來一千零一夜包裹又包裹的故事隱情；他以聰明的布局、不斷誠實預告的情節，誘引讀者墜入他交錯混淆的無惡意陷阱裡。

說故事是如此容易，庫魯梅只能類同欺騙的背叛著他所深愛的讀者與世界，並對那其實控制一切、正冷笑著的命運獨裁者，展開義無反顧的微弱反擊（所有的故事至終證明不過都是同一個故事的反覆變奏）。對他而言，這世界只是每個人都正要開始著什麼，同時也正要結束著什麼的重複切片罷了！

庫魯梅認爲現實並非我們眼見的現實，他以多線故事交織架出迷宮，使讀者無法確認眞實爲何（因爲眞實絕非單線的）。有如毅然揚棄西方古典寫實繪畫傳統的印象派，認爲眞正的眞實，並非將眼睛所見再次照樣顯現，必須透過稜鏡光影（有如心靈）的轉折與破碎化，才能將其中的眞相顯現出來。

庫魯梅質疑的「眞相究竟是什麼？」與「我的一切是獨特存在的嗎？」恰如印象派挑戰的眼見世界，他也選擇印象派的光點手法（世界一切現實物，皆不過是由無意義光點所組成的），以破碎故事來重塑他所認知的世界。眞實世界於他不是完整的面塊，而是充滿許多漏縫缺口的。

眞實因此並不存在，人自我的認知決定了這一切。

我真的是個作家嗎？

最近有人在介紹我時稱我為「作家阮慶岳」，我覺得扎耳不熟悉。又有一個老朋友，因為看到報紙登我得了一個文學獎，來電話用嚷著的聲音說：「這下你終於是一個眞正的作家了！」

我後來自己想著這事，還是覺得恍惚不明白。

我是一個作家嗎？我想成為一個作家嗎？但是……作家究竟是什麼呢？

我記憶中好像當作家這念頭一直是不存在我腦中的，這理由其實也十分合理，因為我從小學到大學畢業，從來沒有一次被選作班上作文比賽的代表，我好像一直習慣的相信未來會當作家的，當然應該是那些去參加作文比賽的人才對。

五年級時一次老師叫我去討論我的作文，是因爲我把「我的夢」的作文題目寫成一個噩夢，老師露出擔心的表情，他不知道我爲何會這樣晦澀悲觀，我也不明白，因爲我只是照實的把我前一個晚上的夢寫下來罷了！至於別的小朋友爲何總是不作和我一樣的噩夢，是我到現在也仍然不明白的。

國中時有個退伍軍人轉業的國文老師，古文很好，但實在太老，也沒有國中生對古文有興趣，我那時隱約就對他的處境有些同情，而且他十分相信背書的重要意義，每天放學後就全班留下背書，先背完的先回家。我幾乎次次都是那個到最後一個，卻仍然背不出來的人（我很奇怪的無法像其他人一樣背誦任何東西），他通常看天已經黑了，就搖搖頭嘆口氣的叫我回家去。

有次作文題目是「我的志願」，我寫說想當農夫，想有一塊地，可以自食其力不與人爭鋒。老先生就叫我去辦公室，花了大約半小時勸說我要積極樂觀奮發向上，我當時完全不明白這跟當農夫有什麼關係，但看他又老又擔心的臉，就只好不斷點頭答應他要我應允的話。事實上在我大約是國三的時候，老先生還好意挑了兩三篇我的作文，要我寄去校刊投稿試試，至於我有沒有寄和有沒有被登出來，現在卻都完全不記得了呢！

高中可能是眞正開始對寫作比較有些自我意識的時期，那時讀新莊高中（現稱泰山高中），高一、二的國文老師是鄭燕文老師，她愛詩詞也重視作文課，班上同學不知爲何就興起一股作文熱，每個禮拜一次的作文課都特別興致勃勃，也特別在乎的愛相互比較作文成績，我當時的作文成績大約總是可以在前幾個人裡轉，但也仍然還是不夠當作文比賽代表。

有次（高一時）作文課鄭老師走進來，輕鬆對大家說：「今天我們來寫一篇小說。」說完全班都愣住了，大概沒有一個人知道小說是要怎樣寫的（甚至連小說是什麼可能都不清楚呢！）。鄭老師也不管就要我們寫，我記得那兩個小時，如何用毛筆愉快的編了我生平第一個小說出來，後來分數出來時，我居然得到一個無人得過的高分，教我驚喜以及旁人訝羨的情緒，至今不能忘（但是高中三年我依然沒有參加過任何作文比賽）。後來決定念甲組理工科，更是覺得自己不可能與寫作再有任何牽纏了（也毫不覺得遺憾）。

大學上了淡江建築系，大一初入學就發覺班上有些人已經寫新詩多年，有些人甚至爲校外報章刊物寫稿，這震驚對我可非同小可，但也激發出我想追隨這些有的懂電影、有的懂搖滾樂、有的懂攝影、有的懂現代舞同學的企圖心。但這些玩意兒我一樣都不會，想了想的還是只有作文好像還勉強可以見人，於是就裝模作樣的扮出文藝青年愛讀書的模樣來，東翻翻西看看的繞著文學的世界走著（其實卻一件寫作的事也沒做過）。

大四時，忽然淡江也和當時的許多大學一樣，開始設立校園內的文學獎，我看到第一屆徵文的海報出來時，就想著何不也試試的念頭。於是回宿舍偷偷寫了好幾天（眞的是偷偷的，因爲怕被同學知道笑話），寫完時流連主辦的中文系辦公室外，就是不敢走進去投稿，後來還老遠跑去郵局用寄的，免得自己尷尬難爲情呢！

後來這篇叫〈日出〉的處女作居然得了第一名。我記得是一天趕著爬上山上結構課，不經意看到路旁海報上有我的名字斗大寫在上面，我匆匆瞄看就嚇得拔腿走了，連靠上前去細看的勇氣都沒有，進了教室心怦怦跳根本無心聽課，後來有個蹺課的同學在窗外，跟我興奮的比手畫腳要告訴我這事，我還躲著不看他假裝不知道。

這大概是眞正第一次我意識到寫作與我之間可能的關聯吧！

那個小說首獎有個獎牌，我到如今還留著，在到了我四十歲之前，這獎牌和我退伍衆弟兄合資送我的退伍小匾額，一直是我僅有可用來傲人的兩個成就證明呢！而那個文學獎的獎金五百元，被同學吆喝請吃一人三十五元一頓的客飯，一餐下來就屍骨無存了。

這個快樂的意外事件還是沒有讓我覺得我未來會成爲一位作家。我那時一心只想出國念建築，好當一個偉大的建築師。

之後眞的去美國念書，也在芝加哥找到工作定居下來，那時有個室友是學文學的美國人，愛和我聊天談文學（其實是我聽他談文學），又開始勾起一些潛藏蠢蠢欲動的寫作心情。過了兩年搬出去一人住，一場大病與失敗的感情都初癒，寂寞與苦悶交加，就開始正式提筆寫小說，當是自己生活不快樂的發洩出口吧！那時大約是三十歲左右。

我記得那時寫的第一篇小說叫〈列車復活〉，寫完時不知要如何處理，就寄給大學時的老師施淑女看，結果施老師幫我轉給當時的《自立早報》副刊登了出來，讓我找到一個寫作與發表的管道，就安著心慢慢有空的時候寫小說爲樂，並且都寄給《自立晚報》發表（怎樣由自早轉成自晚的，我已經忘了）。這樣在芝加哥到後來搬住鳳凰城的幾年時光，就一篇篇的積累出我的第一本小說集《紙天使》（漢藝色研出版）來了。

一九九一年我由美國回到台北，一心想好好衝刺自己看似有可能輝煌的建築生涯，工作重心完全以自己經營的建築師事務所爲主，小說倒也沒有中斷的繼續寫著，也都還是在《自立晚報》刊登。但那時初返台北對這兒的人與地方，有種疏離的隔膜感，對自己小說對不對題也有質疑，就決心先停筆一陣子再說。但雖然寫得不算多的小說，忽然要停也有些像菸癮要戒一樣難受，就決定用翻譯惹內的小說《繁花聖母》來作替代品。想說有這翻譯的事情牽纏著，要想犯寫小說的癮大概也是無能爲力的了，而且惹內是我在芝加哥時迷上的作家，心中也一直有想把他介紹來台灣的想法，就花了一年多翻譯這書，也藉機停筆不寫作。

到這時我還是不以爲自己是個所謂的眞正作家。

翻完《繁花聖母》後，老癮還是沒戒掉，便又在工作之餘的閒暇再提筆重操舊業寫小說。這時一次在朋友畫展見到從大學就崇拜的作家七等生，初見偶像膽戰心驚，上前表示仰慕並遞上第一本小說集，就嚇得落荒逃了；然後約在半年或一年後一次友人相聚的場所又遇見七等生，沒想到他這次卻主動殷勤來攀談，並表示對我某一篇小說的正面肯定，讓我喜出望外的興奮了好多天。

之後就逐漸與七等生較熟識，初寫好的小說也會馬上寄給他，聽他的看法與建議，他通常很含蓄不直接說什麼，但這幾年下來我已能判斷他的看法了，如果他一看完馬上打電話來，就是極滿意，如果隔了兩天才打來，就是還好，如果完全沒反應，就是不太好。

和七等生這樣來往的過程期間，我的小說並沒有得到外界更多的注意，但我卻從他對我小說的閱讀往返間，找到了對小說一種新的熱情，因爲有這樣一個高標準的讀者存在那裡，好像使我一則不敢怠惰疏忽，另則也因有人知己而更能暢心敞談的生出寫作愉悅感。我自己覺得在這段時期裡，我小說的質量似乎都有進步呢！

我的寫作歷程是由無心插柳起始，能一直沒有間斷到如今，我眞是覺得有天使在眷顧，現在如果要我斷了這件事，怕是要比鴉片菸更難戒的了！我現在寫小說還是滿心高興，像是逃課去玩耍一樣的快樂，當然建築依然是我的正業，但既然有愈來愈多人稱我爲作家，那我以後逃課去玩耍，大概就不用再有不正當的罪惡感覺了吧！

不過說眞的，能當一個愛蹺課的建築師並偶被稱爲作家，眞好！

參

九封信

1.

今天午後下了一場烈烈的雨，是那種帶來夏日訊息的雨。我素來喜歡這樣的雨，一點不拖泥帶水的，來得快去時也無痕跡，尤其瀟灑的是走後還天空晴碧的面貌，沒有一點小心眼的拘泥不去與霸氣不放，教人爽快。

你前封札記中描繪芝加哥早春花與枝葉的景致，教我想到沿著湖岸的公園，有陣子我愛騎單車，順著水邊向北邊騎，在Evanston那兒有個小岬凸出湖去，到達時我多半累了，就坐下休息回眺整個芝加哥城景；有次一個游水的人，冷不防的從水邊的岩石間裸身現出，差點把正優閒騎車的我嚇落來呢！

你兒子現在習慣去幼稚園了嗎？我從小一直害怕去上學見到那麼多人，但我的家人到現在還稱讚我上學從來不害怕也不用人陪，其實我一直是怕的，只是並不哭也不說罷了！

我昨天到國家戲劇廳去看由莫斯科藝術劇院演出契訶夫的《凡尼亞舅舅》，很有感觸；契訶夫是我大學時代的文學偶像之一，那時看的是他的短篇小說，劇本一直切不進去，但他用準確、直接、快速的文學筆法，以悲憫、嘲諷目光，解讀平凡生活中的小故事，來說出他對生命的嘆息與無奈，對當時年輕的我是有很大影響的。如今再次看他的戲，有時光又重瀏覽過眼前的錯愕感觸，戲中最後主角發覺原來所相信並爲之犧牲了一生的教授，原來是個不學無術的騙子而大嘆人生虛無，我現在看來大約是比年輕時要更懂得契訶夫想說的話的。

我很同意你給〈我愛黑眼珠〉的評價，這篇仍被引爲七等生代表作的小說，眞的如你說的「它不會再更重要了，但七等生的有些其他作品還會更重要」，就像你所喜歡的〈一紙相思〉就絕對是他極成熟也更重要的作品；他面對生命近乎殘酷的老死、孤獨與青春流逝種種點滴，都以對愛情的詠讚與對生命的謙卑無求來應對，人生態度令人讚佩，文學優美性則教人著迷。

七等生對於別人以口語對他作品的稱讚，是極端不知如何對應的，你對他提到你感想後他的反應，我是不意外的，你不用太在意，他本來不是會用口語與這世界對話的人。他對你有很大的期待，他告訴我不想給你太多壓力（或稱讚），我還是說給你聽，是因爲我覺得你我一樣的都還是需要眞實的肯定與鼓勵，七等生還要我繼續與你「保持相互間深刻的溝通與交往」，我是深記在心也相信他的話語的。

你從七等生作品中回顧到自我生命的思維片斷，例如一郎爲什麼這樣作選擇？爲何不和彩雲收場過平常生活，而要「我不吹奏，我就會很快死亡」呢？

我們當然都知道是爲什麼，生活中有太多的日日選擇要面對，選了A難免辜負了B，但想要同時成全A和B，有時反而一事無成呢！

和你一樣的，我生活的時間也總不夠分配，有時想要能不用管某些事多好，但是如果確知是不可能的，我也就像你一樣只能盡量配合可能性了。你說到，「他（七等生）的妻子與女兒於此一定感到一種宿命的悲哀，但與此同時，似乎也可望見一個藝術家追求自由眞實的形象。」

我和七等生的兒子聊過他的爸爸，他對這個情感上近乎缺席的父親，與造成母親感情受傷害的過去點滴，都仍不甚能諒解，但他說話時的語氣是平和而沉靜的，我試著以七等生的作品來說明七等生在追求自我時的兩難，但畢竟對我而言，七等生永遠只是個藝術家而不是父親的角色的。

關於《阿平之死》，我有很久沒再看有些忘了，剛才稍微翻了一下，印象又起來。我們可以再續聊這本書（等我再熟悉些時），但初步我不以為三毛的信件中，七等生有插入的可能，他們兩人用文字的方法是很不同的，七等生句子所顯現的音韻美感，是三毛句中沒有的，至於你談到王文興的文學價值一事，我覺得他們那一代的文學創作者，最大的成就之一，是實驗了文字的準確與文句的韻律（王文興的《家變》的成就是明例），而七等生異於他人的是他同時還有對個體人生意涵深刻的自我思考。

你會想再去念個研究所嗎？為什麼呢？我覺得那樣的學院，恐怕能給你的會遠遠不如你每日的思想、閱讀與創作呢！你需要的是繼續持恆的走下去，不用有太多遲疑，七等生一生的創作過程，就是你我可用來效法的好例子吧！

你的新畫室好嗎？高興知道你開始畫油畫了，我自己也正在寫一篇小說（事實上剛才寫不下去了，就給你寫這信，比寫小說愉快也輕鬆）。還有你還是沒告訴過我，你對芝加哥有何感覺呢？（所以我才能接下去告訴你我對芝加哥的印象啊！）

關於你問你的札記稱得上是「糖果」嗎？我覺得比較像一杯中國茶（雋永、幽雅清淡，也纏綿）。但是是我又一次的「期待糖果而得到一杯茶」的悲劇故事再版吧！幸好我已不是無糖就嚎哭的年紀了，也許茶才是我本來該喝和當期待的吧！

（謝謝你的茶！）

2.

剛和你掛了電話後，先給報社寫一篇一百五十字有關新年特刊的文章（老天！一百五十字可以寫什麼呢？〈長恨歌〉大概都不只這字數吧！），但寫來也還好覺得輕鬆有趣。之後又再寫了我在電話中和你說的一篇光陰系列文章，這篇叫〈初戀〉（聽起來有點誘惑力吧！）。

就忽然想爲何不也給你寫封信呢？

我其實是十分懶於莊重的寫信，信也無法寫得長，又容易失去耐性，唯一慶幸的是現在可以不用筆寫，否則要更短的了。你電話中提及你此次回台北的感覺，說到我們間交談的事，我事實上也有一樣的感覺，雖然之前我們並無眞正深刻的相處與溝通，但有種似乎相熟悉的知覺一直存在，而此次的東行與幾次私下相處，教我更覺得恍如已與你有知交逾半生的錯愕了，你那日離行，我回程中的確有著不知何日能再聚的傷感呢！

今天下午和學生上課，我放了石小梅與另兩位崑曲演員吟唸我寫的劇本的錄音帶給他們聽，之後又和他們談眞藝術與假藝術差別何在的事，他們用奇異的目光看著我，但我可以感覺他們相信我話中的眞誠態度。的確這人間充滿了太多假藝術，太多早已背離自己、或無力眞實見到自己的藝術，我擔心這些年輕人，終將像世上大多數人一樣，一世不識眞假之別。

我告訴他們這些，也是提醒自己不要輕易迷了眼。

我前兩天煮了一鍋魚湯，我愛吃魚但總是煮不好魚，尤其是魚讓我煮了腥味就似乎特別強（我可是有放了半根薑），而且魚肉顯得特別散。晚上當晚餐吃，邊吃邊嘀咕著以後別再冒失煮魚湯了。我有天告訴一個朋友，近日我愛煮一道湯，是把羊肉和雞肉一起煮，那個朋友覺得我瘋了，怎能把這兩種肉一塊兒煮，但是眞的不難喝，而且我問他說火鍋不都是用雞湯做底，牛啊羊啊什麼的不全下鍋，到最後湯不是好喝極了嗎？他說我怪論強辯。

你離台北後陰冷了好幾天，今天忽然放晴，遠處的山也容貌清麗，教人見了都心思愉悅。你說芝加哥正下大雪，教我想到在透風月台等地鐵的過往時光，我想我眞的不愛北地凍人的天氣，現在想來還有些怕呢！

你說TOFEL成績不理想，不要太失望，我第一次考時也差不多是那樣的分數。我建議你每日讀報，尤其還要挑幾篇你有興趣的文章細讀，另外要看電視，這對聽力的訓練很有用，反而我不太認爲台灣這套背生字、文法的方式有多少用處。你每個月都去考，分數有時會高會低的，多考只有好處。

肚子有些餓了，改日再續吧！

3.

今天收到你傳來的文章，讀來清新爽氣，我尤其喜歡寫人處多過寫山川處，爲何不多寫此二人呢？最後一頁因爲我的傳眞機正好無紙，沒有印全，不知是否遺漏了很多？

昨天出門因爲停車的機械設備故障，我就回家等他們修，順便寫一篇我答應爲一個年輕建築師的作品書寫的序，我取這文章爲〈建築的理由〉，是源自讀高行健得獎詞〈文學的理由〉。我喜歡高的這篇文章，他坦白誠實也謙和不壓迫人，他的許多觀點我都以爲是很中肯直指當代藝術家之心，他雖然仍然對政治與現世價値，有一朝被蛇咬的過度疑慮，但大抵他還是呈現出一個文人當有「有所爲有所不爲」的氣節。因爲寫得高興，就一路寫到晚上把它完成，也沒去上班了。

中午在我母親處吃飯，隨手翻一本我妹在看由金梅寫的《傅雷傳》，其中說到在張愛玲初露鋒芒時，傅雷易名寫了篇評論，他極稱讚張，尤其說《金鎖記》好，但他也提醒張一些事爲戒。我看了喜歡抄了下來，也錄給你看看共勉，他說：「作家要防止幾種致命的誘惑與困境，包括技巧的誘惑、文學遺產的誘惑（『文學遺產記憶過於清楚』會導致直接搬用），以及聰明機智的誘惑。」傅雷還特別說：「才華最愛出賣人。」我看了很有感動，也欽佩他的自持不隨時潮起落的態度。

語言或是書寫者一世也無法躲得掉的思索點。傅雷直指張愛玲的好與當愼之戒之處時，都屢屢繞著語言不去，張能漂亮的優游入古文的文字之美，的確令人豔羨，傳擔心的是這載她之舟，若她不自小心，恐也是終於覆她之舟。（你運用古文能力遠勝大多台灣同輩作家，已有能藉之載舟入溪川之妙了，當留心的是覆舟之事吧！但也別先擔心，畢竟別人大半連舟都還沒搭上呢！）

沙究笑談七等生對國語文不甚了然，竟能教育人語文（和彆腳語言居然會被世人稱讚不已），雷驤甚至爲文說七等生的文字是「抄襲劣等翻譯文學文字的結果」，兩人都是七等生成長時割袍斷袖的至交，也同樣極用心於想經營出個人文字風格，三人文字風格甚至有某些光影交錯的呼應處。七等生也略略提過此事，但他不願明說清楚三人語言間關係，隱約我聽出是三人間是有某種相互影響的隱諱關係。這文字淵源存在曾是好友間，自然有其尷尬處，如今沙究幾乎不再寫了，雷驤卻仍寫作不斷，看他們的關係，有時教人要擔心是不是距離眞的會教人喪失美感（五百里內無聖人）？

如果你的這篇文章的文字有可議處，可能只是你自己刻意拉近與古文的距離吧！但我理解這是你對其尊重態度的一種呈現方式，其實本也無可議。不過你有些地方寫得淡、簡、乾淨，如「氣候太乾裂，他想家。」或「我凌晨醒來，側著身體往窗外一看，半輪下弦月在天空照得好亮……月亮就一畝一畝地掠過……」，都是極好的，有些阿城那種出入古文與自我間的自在風味。我想你是極謙卑的，有時側身讓位子時，不免就遺留太少空間給自己了（這也呼應了你所說「我寫我的部分太少，寫我看我知的事情較多」的說法吧！），你的謙和是其中的主要原因吧！

我的〈遊鄭州〉文，亦是意圖靠近些古文傳統的嘗試，我在這方面差你猶遠，也還要多練習，你的讚辭教我更是惶然了。我想在文字的今古之間，我們畢竟都要各自選擇一個各自最覺得愉悅的落居處的吧！這大概也是每人最終自然會顯現的語言差異之一吧！

七等生的文字在我看來，要比太多人自然眞實多了，因爲大多數作家的文字都只像是在臨帖，他們用眼睛看文字之美，七等生是用音韻聲音來組構句子的倫理關係，這是接近詩的文字寫法，只是常人以爲詩的文字語法，是不許、也不知如何用在小說上罷了！才會誤以爲他的語言是刻意造作出來、是不自然的，不知詩的語言也許才是最接近眞實的文學語言呢！

你談到文革對文化的殘害，我完全同意，但我傾向把文化和國家（政治體）分而視之，文化是綿延不絕也無法自斷於外的，像薩依德所論說的一般。國家與政治都只是一時、現世短視的，文化人自然屢屢是其中的代罪羔羊，但文化的成就其實是一波波不絕於履的浪潮所成就出來的，李白是被許多不可見浪潮湧起的最高點，無那些奠基的人，他是攀不上這樣的高峰的。我對政治是悲觀的，因爲我們大半是奈它無何，也常避它不了，但我也是樂觀的，因這文化承傳的浪，卻也是一時的政治無力眞正抗衡、也無法長時改變它眞正的方向的。

藝術家巧妙藉時代的傷痕來成就自我，的確也是一種媚俗，但像青樓女子，同是賣身也自有身段優雅之別，歷史總會是眞價値的最後審視者，只是大半一生守著貞節牌坊的烈女子，多半是享受不到現世的榮耀的，但許多孤苦如寡婦的創作者，也是心中早有自知的，選擇這路途也本是無可怨人的了。（守貞與賣笑全存乎一己之念，怪誰呢？）

再續。

4.

你那做手工家具的朋友考慮現實因素而顯得遲疑，似乎是可以理解的，但他不能視見你說的「要先有名聲才有可能有錢，在累積聲名的過程往往什麼利益也無」，的確令人遺憾，但或者你看見（或你在走的模式）是他看不見也不熟悉的，因此他會格外不安呢！

至於如果他們眞的面臨了下個月的電費交不出來，是要繼續設法堅持原來的路，或就放棄像他人一樣過活，我想是很多藝術家都面臨過的處境，不能冒任何現實生活的險，如何能當藝術家呢？但其實我從與你談話的印象，猜想此人當不是那麼現實，也許只是見不到你所見的事情罷了！

你當然有你的浪漫性，這也是你的好處，但這並不表示你不知人間疾苦，你對現實也是料理得貼心仔細的，只是你目前正好是在「不事生產」的人生階段，很正常根本沒什麼不對，而且你勢必很快會重入江湖，把先前未收割的都補收割回來的。

我其實是贊成你繼續大量閱讀閒書，七等生那句話的用意我不眞的明白，我會猜想他其實說的閒書是指他自己的小說，因我曾告訴他，我帶了一些他的書給你，他因謙虛所以叫你不要花時間在「那些閒書」上，另外我想他不特別鼓勵你讀書或寫作，也有可能是因爲怕你以此爲藉口，荒廢了繪畫的本事吧！但這全是我個人揣想，我近來與七等生說我想暫停筆幾個月，讀讀書再來想下個階段的事，他告訴我書要不斷的讀，要有系統的精讀（他可能是暗指我無系統也不精讀），但可見出他是極相信讀書的，他說人常說他是天分過人，其實只是他書讀得比別人勤比別人多罷了！這話當然也對也不對，但可見出他絕對不以爲書會誤人的。

我倒是贊成七等生關於文章不宜太用力的說法，有時不周到也是給讀者留餘地。小說、詩與散文孰高孰低，不是我不發展散文的本意，我想每個人都有他最貼近自己本質的創作文類，我覺得小說最合我意，散文雖然得到獎賞鼓勵，但我還是要提醒自己不要因此違背眞實的初衷，當然更絕對無意以此來暗貶你目前的散文專長了。七等生其實也發展過散文及詩，但他選擇小說，應當也是他覺得最適合他的本質吧！

你的書封面我打不開，明天我會再試試（看公司其他人會嗎？），你如果喜歡就很好。明天和週五晚，我和欣霏會去看大陸來的京戲，有《二進宮》、《鎖麟囊》和別的，應該會很不錯的吧！

5.

關於你說的懷舊，我想我也是比較類同於七等生的說法，在我大學時很迷紀德（尤其是《地糧．新糧》），那本書中有一種憧憬未來，並認為對過去幸福的追懷，是對未來幸福取得的最大阻礙的看法，我現在雖對此說法比較有所保留，但這樣的觀念事實上影響我十分深遠。我想不留戀過去的幸福，並不表示對記憶的否認，而適時適情的拉遠離與逝去感情的關係，我個人覺得事實上是好的呢！蔣勳在評〈光陰〉文裡，提到我的文章總在「深情與絕情」間飄搖不明，看法有其有趣的準度，某方面說，我是相信眞正的深情，可以就是絕情的。

我十分年輕時讀過卡夫卡，當時也只是覺得奇異與恍然，現在想來卻極佩服他，能用那樣乾淨簡潔的人物場景，與不誇耀的手法，就寫出一個極浩大的人類心靈世界來，像是以簡筆畫山水一樣，教人驚嘆！

你目前這樣人生的一個頓折，有可能會給你別的仍不能見的助益的，比如你說看到自己的不足處，這就是千金難求的收穫，我近來對此也比較有感觸，也因此特別感謝有七等生爲友，他的存在是最好教我不至於虛妄自己的良善的提醒，而像卡夫卡一般歷史上的優秀作家，更是教我不能不謙卑了。

你的內弟昨天下午來電話，剛才又通了個電話，預定明晚見面，他原以爲我是個舞者呢？

6.

關於你說「好像看自己所憑恃的東西都是那麼不可靠一樣，而永恆價值的東西又是那麼遙遠，我忽然有一種虛弱的感覺」，我當然懂得你的意思，我想七等生也一定懂得這滋味，我自己在覺查到這種狀態時，通常是會轉，譬如小說換成翻譯或其他東西，或進修讀書補充自己，等狀態好了時再出發，而不去和它硬拚硬鬥的。

我在看歷史中的創作者，有人遇關卡就結束，有人則越挫越勇，而且我絕對相信能不能過這樣一重又一重的山，是最終能不能登頂的必要考驗，無成功者得倖免的。我在芝加哥時也有你現在所說「所見無故物」的失根感覺，我也毫不意外你會有這樣的感覺，你至終當然一定要回到你自己的文化環境裡來創作，現在你就當它是過渡期吧！不用給自己非如之何的壓力，卡夫卡終其一生，光就《審判》和《城堡》幾個作品就夠了，他不用每兩年出一本長篇來證明什麼，他一生中必然有許多時光是在自我懷疑與無所事事的狀態下度過的，他甚且還沒有你我都有過的文學獎來做自我肯定呢？試想是什麼力量支持他這樣繼續創作下去呢？我們怕都離他太遠太不如了吧！

你說我對七等生的情誼高貴，我覺得有些過譽了，我對人情其實是十分冷淡的（連對待愛情也都是有些冷淡的），我去看他並不那麼頻繁，大概是我自己每次都提，你以爲我沒說的更要去得多了，但是其實是沒有的。七等生也是冷淡於人情的人，他會了解我的冷淡不是無情，我和他都知道必要的冷淡是解脫自己出俗物牽絆的必要態度，像〈我愛黑眼珠〉中的李龍第如何能同時絕情對待自己的妻子，又大愛無際的去關心一個無干的妓女，因爲現實的愛不是眞愛（愛妻、愛子、愛母、愛情人不算眞愛，愛陌生人才是眞正的愛，而「必須」去愛的人過多時，會使我們無力去眞正愛全人類），因此即令評論家說他無情，我卻覺得他才是眞懂得情是何物（是不是有些拐彎抹角稱讚自己的嫌疑，若是則請多包涵了）。

C的文章我沒看，也不覺得特別要看，我和他恐怕都離眞正的終點線還太遠呢！當然我其實還是太懶，連去看別人寫些什麼的好奇心，都給懶惰壓不見了呢！我的「詩」承你不嫌，我的確是在昨天收你這信時也寄了出去，但沒敢給七等生知道，他幾乎是要我把它給忘了丟了的，恭子那裡寄去到現在也無訊息，大概也是不喜歡吧！但是管他的，寫完了就寄出去，應該沒那麼嚴重的吧！（再寄一次最後版本給你瞧瞧，你參看就好，不必有壓力要給回音。）

台北昨天剛有一個颱風輕掠過，沒事。我今天去長庚做體檢（腦神經檢查），結果完全正常，安了心也覺得開心，與你共享。

7.

昨天下午因爲欣霏臨時有大陸評劇（據說評劇於京戲是猶如歌仔戲之於南管）的票不去看，就送了給我。戲是折子戲（就是不同精華段的組曲），我有些意外的看得挺開心，第一是因爲只取精華，所以唱作都多節奏也快，另外可能因爲這是民間戲，教忠教孝的說教性少了些，兒女私情的部分多，戲也有趣起來了。其實我看傳統戲曲，不管在演員的唱、作與音樂性上，都是極迷人的，最大的問題其實是編劇，一個是道統的框架無處不在，真實人性難以呈現，二是取材太依賴現實（尤其是以官方觀點爲準的歷史事件），不像西方歌劇可大量取材自脫離現實的希臘神話，整個劇本的想像性與藝術性很難開展。

但是事實上這也是許多中國公衆藝術一直成就不高的原因之一，不僅像戲曲要受到官方意識形態的極度操控，以建築爲例也是一樣，中國建築承載著太多階級、道德倫理架構在內，有創意的建築師在歷史中根本是難於動彈的，倒是許多離京城很遠的少數民族，建築風格雖受中國影響，因政治力牽絆較少，反而能因時就地的發展出比較有生命力的建築來。相對於這樣公藝術的僵硬不活潑，以個人爲出發的藝術（如詩、書、畫）的成就就要強得多了，甚至民間的庶民文化，少了官方的直接介入，也自然顯得生動有趣多了。

康拉德的《黑暗之心》，我也有幾年沒再看，不敢隨便與你議論。但我對此書一直評價很高，他顯露在小說中的現世價值（如白人優越感、國族效忠態度、追求冒險性），也許似乎都顯得輕浮，甚至政治上也不夠正確，但如果再細看，就可發現這些早已不是他思考的層次了。你提到康對黑人不夠憐憫，他不是笨到不知當露出什麼姿態，這些事對他並不重要，他的小說並不在證明黑人與白人一樣優秀，對他而言他們都是人類之一，他關心的是人類的問題，而不是種族之間的問題。

他的小說架構在遼闊的現實世界裡，而他卻其實是在其中尋找個體靈魂的最幽微深暗處，這一點與杜斯妥也夫斯基有些類似，杜當然也許更遼闊，但康鑽入的幽微深度，卻也使他得以與杜並席而坐，他的風格是介於杜與卡夫卡之間的。千萬不要被他外表故意掩飾讓作品「似乎通俗平淡甚至有缺點」的障眼法欺瞞了，要用心的看完這三章，我十分確認他的價值性。

8.

你談的事對我而言是兩個方面。一是你與你家人（包括父母與妻小）的事，另一則是你與你創作的事情。這兩件事情事實上都很難，在你目前身處的階段，可能尤其難。

早上起床，我泡了一會的浴缸，讀了一些關於中國古畫家的人事，因爲我正在寫的小說的關係，特別的看了徐渭和陳洪綬（都與紹興有關），加上前兩天讀鍾文音有關高更的文章，對藝術家與現實生命的關係，特別有些感觸。

徐渭和陳洪綬都是有所爲有所不爲的人，他們的有所爲顯露了他們的人性軟弱（也是眞實）面，有所不爲則彰顯出他們的氣節。昨天陪我媽去看病，等候時讀舊書紀德寫的杜斯妥也夫斯基，也見到一樣面對眞實生命情境時的尷尬不堪態度。但這種見濁水又不能不入的掙扎性，或也可能就是藝術家不可脫離的試煉與宿命譴責吧！

但是現實對藝術家的難處，怕還是遠遠不如創作的難，這道理我想你我都是豁然了解的。創作的難在於因知桃花源已存，卻不得入山路徑之苦（或已在山徑中，卻不知是否眞是往桃花源之路），這苦是或不得其門而入、或不知入的是其門嗎？不知有桃花源者，可甘心生存人間至終老，既已知之則難再安於人間了。

但我想哲學之所以生，也就在此。如何面對這樣無可脫逃的困境，是思想之所在，也就是藝術要表達的個人性了吧！

我近日生涯轉變也很大，有種往日所依賴之根基，忽然全動搖不可恃的慌亂和空洞感覺。這樣的不安，會教我想快些找個可攀附處，是那種鬆了手又想再回抓緊的矛盾感覺。

昨天我和一個建築界的朋友見面，他也剛從廈門回來，他是我個人十分看好的新生代台灣建築師（但也有四十六歲了）。他因經營事務所兩年虧損約四百萬，負債累累，不得不也去大陸尋機會，但去了月餘，他還是決定回來台北。我事實上是贊成他回來的決定的，在大陸發展的台灣藝術家，如何確認自己的本體性，以及如何尋到自己眞正大地母土力量，是要十分當心的，如果喪失了這些，換得再多的名利又有何益？

我另外在想一件事，就是藝術文明的巔峰期，與經濟軍事國力巔峰期的關係，我有些覺得文化會慢國力一些（也許數十年），在國力正強盛往上爬的時代（如現今的中國），社會是追求多於反省、愛強不愛弱的，在時代開始往下掉的初期，因有多元價值並存，如生、老、強、弱，藝術得以在這樣的環境眞正滋長，因此中國的文化在未來三十年會蓬勃發展，但眞正曠世的藝術家，也許要之後才會出現來。

我近兩年對十九世紀的自然主義與寫實主義評價不斷在拉升，現代主義我反而開始質疑它的價值是否被高估了，我現在會想回頭去看那些我以前覺得冬烘的東西呢！

9.

你的信提到兩件事，一是這幾年不安定所衍生的現實羈絆，另一是肉體慾望的召喚與煎熬。

我有次曾戲稱你像林黛玉，當時大約要惹你不快的。但我要說的是究竟是什麼造就了黛玉悲劇般的命運？是那個鎖住了她的大觀園與龐大家族嗎？還是她自己自限的個性抉擇呢？你現在困在現實事上，若果明早起來，這一切羈絆都消失，你可以過得更好嗎？你會更快樂嗎？你的創作因此就會有大突破嗎？

我這樣說是想提醒你，有時我們的困境，是源自我們內在某種自身的慾望。別人固然沒有成全你，但是爲何你的藝術必須依賴別人的成全呢？他人自然可以這樣去認爲：這本是各人要各自修成的菩提正果吧！自己要去尋找自己的路途，即令其中非得要與他人互擠爭途（因爲藝術有其絕對性，與現實事物是不相同的）。我不說這樣想法的對與錯，但我完全懂得別人這樣想的其中思考性（我可以接受我的伴侶這樣想）。

你目前許多作品中顯現的怨嘆與期待別人憐惜的姿態，因此顯得太多。七等生在作品中陳述自身生活的傷痛時，並不允許任何憐惜進來的，這也是創作者在自身與現實間距離界定時，十分關鍵之所在。你一定要不斷自我審視的逼問自己，究竟有沒有留下隙縫給現實好處得逞的機會（因此不自覺的迎合了什麼？）。

我們都要小心過度留戀這件事（尤其是世俗的價值上），避免不自覺的甜美與取悅性出現來。這部分做來很難，因爲會牽涉到眞正個性的問題，也因此爲什麼許多好藝術家必須受現實煎熬，因爲他們不讓作品取悅與妥協，因此他們的人也必須如此。

肉體的寂寞是太多人熟悉的事情。我不寂寞嗎？我當年獨居芝加哥時，方是三十左右，夜裡常聽著我樓上的男人帶女子回來，在我寢房上翻弄做愛而無法入眠，我樓下一個獨身女子，一夜大約也是寂寞難耐，上樓來敲我門說她開了一瓶紅酒，一人喝不完，可否拿上來與我同喝，我和她在我沙發上飲完整瓶酒，我就送走把襯衫鈕子已半開的她，我完全明白她和我一樣受著肉慾的苦，但是寂寞本來就是這樣子日日上演的吧！

我告訴你這些，還有是要提醒你，在你對未來的抉擇時，要小心避掉一些現實安逸的誘惑，要能苦所以才得以安逸。今天這些話也許顯得重，是因爲我想你就又要臨到抉擇與判斷的時刻，作爲朋友就不能不說。

祝福你。

肆

妳的世紀，我的哀傷

「我的父親是個很了不起的人，他叫王夢齡。」

那妳叫什麼名字呢？

「你可以叫我Evie！」她頓了一下，雖然已是逾八十歲了，她仍然露出小女孩般頑皮的笑容來。在這個金門街十二巷一條弄子裡的下午時光，陽光透過面對小小庭院扶疏搖曳的紗門，在客廳地板上投照著老桂花樹貓樣時時探詢的黑影。

這已不是我們第一次碰面，但她依然穿著端莊，表情鄭重的接待我，而這條好像隱沒在繁華台北市區內離奇寂靜的小巷子，也忽然教我有前朝今時恍惚難分的感覺。

「我父親生在一八八二年山西平魯縣的貧苦農家，平魯縣是在雁門關外，大同過去一點的鄉下地方。他靠苦讀在十五歲進了秀才，十九歲入山西大學，畢業後以優異成績考上前清的官費留英生，一九〇五年到了英國，在曼徹斯特大學讀機械和電器。

「他在英國的時候，愛上了一個英國女同學並娶了她，也就是我的母親，她也叫Evie，他那時已經在當地的馬氏電機廠任高級工程師，我母親生了一個女兒，就是我的姊姊，一九一四年他們決定搬回中國去。」

爲什麼呢？

「辛亥起義成功教他情緒澎湃，他相信中國會不一樣了，他想回去幫忙建設國家，他想看中國人揚眉吐氣。」

那妳母親呢？她不害怕去到中國嗎？

「我母親鼓勵他回去，她了解他心裡在想什麼，她很清楚他不回去中國不會快樂的。他們搭船帶著我姊姊和肚子裡的我，離開曼徹斯特港，先到上海，轉天津再到太原。我母親是獨女家境也好，但她要我父親回去是有另個原因，她聽說我父親有個長他幾歲的媳婦和三個小孩在家鄉，而且那女人後來死了，餘下幾個小孩來，我母親是虔誠的天主教徒，她覺得她有義務要去照顧這幾個喪母的孩子。」

那後來呢？

「回到太原後，我父親先在山西大學教書，參與創建了『山西工業專門學校』，並且協助山西的大小工廠，把原本的蒸汽動力過渡到使用電力動力，山西也是到他回來後，才第一次見到了電燈。那時候中國正是亂著的，軍閥混戰各自據地爲王，一九二〇年閻錫山爲了自己能造武器，把山西原本的陸軍修械所，改成軍人工藝實習所，讓我父親擔任技正和一科科長，負責槍砲的修理與製造，幾年內他們就生產出了手榴彈、山砲，以及中國第一枝仿德的衝鋒槍。」

妳的母親和妳的姊姊呢？

「我母親在山西大學教英文課，也和太原的修女們來往密切。我姊姊到了太原後，沒半年就得了傷寒死了，他們說這病是專剋洋人的，當地人染了這病，只要煮一鍋稀米飯吃下去就沒事了，那時大家都管山西叫『老虎口』，很多初到的修女神父都是這樣死了的。隔年我媽生了我，但是沒過滿那年底，她也一樣得了傷寒死了，她走以前，要求我父親給她蓋一個寬大點的墓，要和我姊姊葬在一塊兒，她還叮嚀我父親，說別給她蓋舊式的土墳，她覺得看了陰森教人害怕，出殯那天下大雨，她的學生都只能送到城門口。我母親掛念我，臨終前要她最要好的修女答應照顧我長大，她放心不下我自己一人。」

妳不記得她了吧？

「小時候我父親怕我傷心，不許任何人在我面前提起她，但卻把她的照片懸在正廳牆中央，他們都說我長得跟我母親一個樣，我父親只要看到我，就會想到他逝世的英國妻子。他完全驕寵縱容我，沒兩三歲就讓我和奶媽一起住到修女主持的女子學校去，只有週末才能回家，他隔天來看我一次，他要我受完全西方的教育，我從小就跟著修女講法語和英文，我父親為了取悅我，還買了匹小白馬給我呢！他後來先後娶了四房妻子，生了許多小孩，但沒一個是像我這樣子被他養育大的。

「我十二歲時，他送我到北京上外國人子弟的聖心學校，我繼母後來偷偷告訴我，那花費可是很重的，但全家上下沒人敢吭一聲。學校上的是西方學制，農曆年也不放假，我在除夕夜裡聽北京城內外一片爆竹聲，只能躲在被窩裡哭，想家想得難過極了。」

那妳的中文是怎麼學來的呢？

「當然我在家裡都是說中文的，父親也請私塾教我古文，我上街買東西，店家欺負我看起來像外國人，價錢都要跳個幾碼，我生氣了用標準官話和他們理論，才會改回實價錢呢！路上不相識的小孩有時也是會鬧我的，但是我就是中國人哪！我是山西出生長大的中國人哪！我就這麼跟他們說的。

「我那時和我父親的一個小老婆很要好，她沒大我幾歲，我當她是我的小姊姊，只要回家就整日纏著她，她也喜歡和我說話。後來我十八歲聖心學校畢業回了家，小姊姊一天偷偷告訴我說，我父親已經幫我選了親家了，我對父親抱怨說：你要我嫁人，可我連他長得什麼樣都沒見過呢！父親就安排了那個男的來家裡，來的當天坐正廳，有人喚我出去見面，我頑皮心起，拿著我的鋼琴譜子去見他，一見面就給他譜子，問他喜歡哪首曲子，他帶著方方厚厚的眼鏡，大大個子支支吾吾的說他不視得樂譜，我看慣聖心學校外國年輕人的時髦眼鏡，老覺得他的眼鏡滑稽好笑，而且連樂譜都看不懂，沒當他一回事看。」

那後來呢？

「後來還是嫁了他。」

爲什麼妳父親要妳受西方人的教育，卻要妳這樣子傳統的嫁人呢？

「他從來沒說明白過，我也沒問。我想那時戰亂，他怕哪天說不準就不能再照料我了，所以找個他放心的人家，把我安置好他才安得了心，而且那男人是清華大學學生，家裡又是軍方有勢力的人，那樣的時代，這是最好的安排了。」

妳就這樣嫁了過去？

「嗯！」

好嗎？

「怎麼說呢！我就像我的母親一樣，都是虔誠的天主教徒，我明白我該信守的是什麼。我的婆婆是個很好的女人，我公公卻是個軍人老粗，他會亂發脾氣上上下下的大聲吼叫，大家都怕他，但是他卻有點顧忌我，只要我人在附近，他就不敢隨便亂發脾氣。」

妳和妳的先生如何呢？

「我們生了個兒子，後來我先生大學畢業，拿到一筆山西省的獎學金可以去德國留學，他告訴我說錢不夠多，兒子也才八個月大，我得留在太原，他自己一人去德國，我看別人拿一樣的獎學金，老婆根本不會外國話，有的還裹小腳，還不是一家一起去，但是他就是堅持自己一人的走了。」

那妳怎麼辦呢？

「我母親當年死了以後，我在曼徹斯特的外公外婆，不斷寫信來要我父親把我送去英國，我父親不捨得，每年都回說再大一點就送去。後來他們都死了，遺囑裡倒是留了一筆錢給我，說只要我年滿二十一歲，就可以把這錢匯入我指定的帳戶裡。我先生留我和兒子在太原，我等了一年多滿了二十一歲，就用這筆錢去德國找他。」

妳帶著兒子去嗎？

「不行的，那時候世界大戰正緊張，自己要到達德國已經非常難了，根本沒有辦法再帶個嬰孩在身邊。我把兒子交給一樣的修女院，請她們幫我照顧我兒子，修女答應我，可是她說男孩最多只能在修女院到七歲，年紀滿了一定得離開的，我答應修女會在他七歲之前回來接他回家。我父親在一九三七年日軍侵占太原前，就已經攜全家南下，經武漢、廣州到達香港，我和他在香港相遇，他給了我兩百塊現大洋，我就一人去了德國。」

那妳找到妳先生了嗎？

「嗯！我們住在東柏林，跟一個老寡婦租她的房子，後來我又生了一個女兒和小兒子，那時盟軍常會在夜裡來炸柏林，我先生帶著小孩，和老房東一起躲入地下室，我通常還是在陽台上看著遠處的天空，他們轟炸前會先打照明光彈，把整個天空和城裡照得分明，然後炸彈才開始落下來。」

妳不怕嗎？

「我根本沒想到怕不怕的事，我就看著通亮的天空，想著我還在太原的兒子，想著不知他現在怎樣了。」

妳們的日子過得很苦嗎？

「倒也不會，希特勒鼓勵婦女多生育，我有兩個嬰孩，可以領比別人還多的牛奶乳酪，而且我還有我外公外婆給我的錢，我們比老寡婦要過得好多了。有時晚餐準備好時，我要她來一起吃，她自尊心強，硬是換上漂亮衣服說已經有人請她吃飯的出門去，我從窗子見她其實就站在隔壁門簷下，等我們吃完了才回來，我後來就把牛奶乳酪分給她，說我們一家也吃不了這麼多的。」

那妳有妳兒子和父親的消息嗎？

「完全沒有，但是我算著日子，知道我兒子就要滿七歲了，我知道我得去接他出來了。時間到時，和我先生說我一定要回太原去，他認爲我瘋了，我不理他，反正我有自己的錢，我託老寡婦照顧我兒子，就帶著女兒回到上海。那時候日本已經占領了大半個中國，我父親在一九三八年又輾轉移居天津英租借區，他是不肯爲日本人做事的，非躲著不可。我到天津找到他時，他臉上表情沉沉的，看不出和我久不見面的欣喜，我沒有機會多問他話，急匆匆的就帶著女兒穿過日本占領區回到太原，等我找回修女院時，她們說我兒子幾年前就病死了，我要他們帶我去到墳上，小小雜亂的墳連個墓碑都沒有，我找了塊好石頭，花錢請人爲我兒子刻了個像樣的墓碑立上去。」

那妳就留在太原了嗎？

「不行的，那是日本人統治的區域，我死也不待在那裡的，而且我的錢也都快用完了，哪裡都去不了。後來我決定穿過日本軍隊的封鎖線，到山西內側的第二戰區去，他們說我的頭髮和模樣像外國人，過檢查哨太危險，要我花些錢，讓人在夜裡背我和女兒過江，我想了很久，一來也沒太多餘錢了，二來我怕那些人過水一半，把我和女兒淹了搶錢怎麼辦？只好硬著頭皮的自己闖了，我的頭髮顏色淡，就把它全紮在布頭巾裡，換穿著農婦的衣裝，臉上抹得黑黑的，帶著女兒過去，過檢查哨時眞是害怕，但是也還好都沒事，就一路的到了大後方了呢！」

然後呢？

「然後我就馬上找了工作，是當閻錫山長官的外文祕書，那時候會有西方的軍事顧問來，也有很多翻譯聯絡的工作，他們給我和我女兒一個吃住的地方，我很認眞的工作，薪水很少就一千法幣，那是只夠買一斤四川黑糖的，但是我盡量的把錢存下來，因爲我還得回去德國找我的小兒子呢！我的工作很單純，閻長官待我很客氣也很禮貌。

「有一次飛虎隊去炸山西的日本人，有些飛機被打了下來，駕駛員都跳傘落到鄉村的田裡，老百姓見到他們，馬上把他們藏起來，然後很快的都送到我們這裡來。我記得那次見到被送過來的五個年輕美國飛行員，才十八九的模樣，我們給他們燒了一桌菜，五個年輕人全坐著不吃，大家都慌了，以爲菜不對他們的胃口，就要我來問是怎麼回事，我問了才知道，原來他們不會用筷子，不敢動手吃，後來趕快去找了些刀叉來，幾個人才狼吞虎嚥的，吃相可嚇壞人了。」

她就笑了起來。

「後來戰爭一結束，我馬上出來到了澳門，連我還在天津的父親都沒有見到呢！我先把女兒託給澳門一個舊識的神父，他們讓她在教會學校裡吃住還上課不收錢，我把身上存餘的所有錢去買機票，立刻回柏林去，到了柏林時也是慌亂一片，我先生在我離開的這段時間，不但把我本來留存的錢用得差不多精光，而且自己還有了外遇，我用剩下的錢，帶著我的兒子到澳門和我女兒聚在一起，然後就搬到上海去，有個山西老鄉把上海房子的車庫讓給我們一家住，我把車庫弄得挺像樣的，也有個家的樣子呢！」

後來呢？

「後來國共戰爭激烈起來，我父親回到山西老家，我和兒子女兒留在上海，然後一天他們通知我說，平魯縣選了我當國大代表，平魯是個窮縣，受過教育的人不多，他們選了我以後，很多人還擔心女人可以當代表嗎？怕我去了南京丟平魯縣的臉。我從上海直接去南京開大會，有時間也還是回山西去看我父親，他是個對自己專業工作有狂熱的人，山西人對他有感情也尊敬他。」

妳父親現在還在嗎？

「我的父親王夢齡先生，是在一九六三年四月一日凌晨離世的，死時我在台灣沒能陪在他身邊。他一生一直努力想做好一個工程師，他爲英國人、閻錫山、蔣中正、毛澤東都做過工程師，但是他是死也不會爲日本人做事的，他選擇離開英國回到中國，他的一生應該是無怨無悔的了，他想爲中國人奉獻自己，他做到了，他應該是無怨無悔的了。我幾年前重回山西，他們說他年老病重時，常叨唸著我，說擔心我想再看到我。我有時在想，如果他當初不回中國，現在不知道是怎樣的呢？我的母親說不定就活著了呢！如果我沒當上國民政府的國大代表，也許就會搬回山西，而不用隨政府到台灣，被逼得和我父親一世分隔兩地幾十年不得相見了呢！

「我和兒子女兒遷到台灣後，我在師大兼課教英文，但主要的收入還是靠英文家教，我一天平均要教六、七個學生呢！那時我就是住金門街現在這兒，以前這裡是平房，這樓是後來蓋的。有時晚上到九點下課，我會馬上坐上三輪車，去南昌街找我一個德國女友，我會先探頭看屋裡燈還亮著沒，亮著就下車敲門找她用德文聊天，她先生是個留德回來的醫生，挺喜歡我過來陪他太太聊天，她一個人在台灣，我明白她的寂寞和苦處。

「我兒子那時剛回到亞洲社會不久，語言生活不是很習慣，我讓他先上美國學校慢慢適應，但是費用可嚇人的，我只能拚命的多教課，上完小學後他就轉入普通初中了。女兒讀了靜修中學，高中畢業時，學校神父幫她申請到美國一所大學的獎學金，但她其實後來過得挺苦的，還得邊打工邊讀書。」

妳後來還有幫閻錫山工作嗎？

「閻長官到台灣沒多久，就離開官場不管事了，他是聰明人，他清楚江山是別人的。自己帶著幾個親信，住到陽明山上去，不理政治事，有時候有外國人來看他，他會打電話叫我去幫他做翻譯，就這樣，只是偶爾幫幫老長官的忙，不算是工作的。」

妳的先生呢？

「他就一直留在東柏林，和另一個女人在一起，我後來自己在台灣辦了離婚，和他也就斷了聯繫，也不知道他現在怎樣了呢！我是天主教徒，離婚是不對的，但是我忠於我的婚姻，後來也不再婚嫁，就專心養育我兩個孩子。

「女兒後來在美國嫁了白人，想想也是好笑，我母親老遠從英國嫁到中國來，我女兒卻從台灣嫁到美國去，她們一家現在長住美國，見面也不容易了，好的是她兒子，也就是我的美國孫子，現在來台北學中文和工作，晚上會常來陪我吃晚飯。」

兒子也去了美國嗎？

「他後來很爭氣的考上建中，然後念了文化大學新聞系，長得很漂亮的一個年輕人，但是不知道怎樣的就犯了精神病，當完兵就住進療養院了。我心裡想是他受了太多折磨，還一丁丁大時，我就留他給德國老寡婦照顧，然後跟著我到澳門、上海、台灣，從美國學校轉到一般學校時，他也是不習慣，但是我們實在念不起美國學校，太貴了沒有辦法的，他一生過得苦又太敏感，難免要出這樣的事。他現在住台北療養院，常給我電話聊天，前兩天還和我說改天要帶我去屏東露營呢！你說他可愛不可愛？他狀況算穩定，他們會給他週末出來過一夜，每個週末我就去接他來這裡。」

現在誰來照顧妳的生活呢？

「我自己啊！我身體好得很呢！前個禮拜有人按門，說是瓦斯公司的人，要我給他四千塊換個安全栓子什麼的，我一個人住沒錯，但我曉得怎樣應付這樣的騙子，我先請他坐奉他茶，也陪他聊了會，然後告訴他我家裡沒現錢給他，叫他等著我去隔壁拿錢，我一出門就直直去了里長家，讓里長叫兩個警察來把他給抓了起來。」

我聽著驚出一身冷汗，而屋外的院子不知何時蟬鳴聲已止，日暮的台北天色不覺間也轉暗去，鄰家的飯廚味飄入來，我曉得是該告辭的時候了。

奶奶，妳的全名是什麼？我該怎樣稱呼妳呢？

「我的名字叫王懷義，但你就叫我Evie吧！我母親也叫Evie，我的女兒也叫Evie，我父親一直是喜歡這樣叫我們的。」

文學叢書

1.	吹薩克斯風的革命者	楊　照著	260元
2.	魔術時刻	蘇偉貞著	220元
3.	尋找上海	王安憶著	220元
4.	蟬	林懷民著	220元
5.	鳥人一族	張國立著	200元
6.	蘑菇七種	張　煒著	240元
7.	鞍與筆的影子	張承志著	280元
8.	悠悠家園	韓・黃晳暎著／陳寧寧譯	450元
9.	想我眷村的兄弟們	朱天心著	220元
10.	古都	朱天心著	240元
11.	藤纏樹	藍博洲著	460元
12.	龔鵬程四十自述	龔鵬程著	300元
13.	魚和牠的自行車	陳丹燕著	220元
14.	椿哥	平　路著	150元
15.	何日君再來	平　路著	240元
16.	唐諾推理小說導讀選 I	唐　諾著	240元
17.	唐諾推理小說導讀選 II	唐　諾著	260元
18.	我的N種生活	葛紅兵著	240元
19.	普世戀歌	宋澤萊著	260元
20.	紐約眼	劉大任著	260元
21.	小說家的13堂課	王安憶著	280元
22.	憂鬱的田園	曹文軒著	200元
23.	王考	童偉格著	200元
24.	藍眼睛	林文義著	280元
25.	遠河遠山	張　煒著	200元
26.	迷蝶	廖咸浩著	260元
27.	美麗新世紀	廖咸浩著	220元
28.	台灣原住民族漢語文學選集—詩歌卷	孫大川主編	220元
29.	台灣原住民族漢語文學選集—散文卷(上)	孫大川主編	200元

30.	台灣原住民族漢語文學選集—散文卷(下)	孫大川主編	200元
31.	台灣原住民族漢語文學選集—小說卷(上)	孫大川主編	300元
32.	台灣原住民族漢語文學選集—小說卷(下)	孫大川主編	300元
33.	台灣原住民族漢語文學選集—評論卷(上)	孫大川主編	300元
34.	台灣原住民族漢語文學選集—評論卷(下)	孫大川主編	300元
35.	長袍春秋—李敖的文字世界	曾遊娜、吳創合著	280元
36.	天機	履 彊著	220元
37.	究極無賴	成英姝著	200元
38.	遠方	駱以軍著	290元
39.	學飛的盟盟	朱天心著	240元
40.	加羅林魚木花開	沈花末著	200元
41.	最後文告	郭 箏著	180元
42.	好個翹課天	郭 箏著	200元
43.	空望	劉大任著	260元
44.	醜行或浪漫	張 煒著	300元
45.	出走	施逢雨著	400元
46.	夜夜夜麻一二	紀蔚然著	180元
47.	桃之夭夭	王安憶著	200元
48.	蒙面叢林	吳音寧、馬訶士著	280元
49.	甕中人	伊格言著	230元
50.	橋上的孩子	陳 雪著	200元
51.	獵人們	朱天心著	即將出版
52.	異議分子	龔鵬程著	380元
53.	布衣生活	劉靜娟著	230元
54.	玫瑰阿修羅	林俊穎著	200元
55.	一人漂流	阮慶岳著	220元

POINT

1.	海洋遊俠—台灣尾的鯨豚	廖鴻基著	240元
2.	追巴黎的女人	蔡淑玲著	200元
3.	52個星期天	黃明堅著	220元
4.	娶太太，還是韓國人為好！?	日・篠原 令著／李芳譯	200元
5.	向某些自己道別	陳樂融著	220元
6.	從麻將桌到柏克萊	王莉民、劉無雙合著	200元
7.	星雲與你談心	星雲口述／鄭羽書筆記	220元
8.	漂島	廖鴻基著	240元
9.	那多三國事件簿之桃園三結義	那 多著	180元
10.	那多三國事件簿之曹操登場	那 多著	180元

朱西甯 作品集

1.	鐵漿	240元
2.	八二三注	800元
3.	破曉時分	300元

王安憶 作品集

1.	米尼	220元
2.	海上繁華夢	280元
3.	流逝	260元
4.	閣樓	220元
	以下陸續出版	
5.	冷土	260元
6.	傷心太平洋	220元
7.	崗上的世紀	280元

楊　照 作品集

1.	為了詩	200元
2.	我的二十一世紀	220元
3.	在閱讀的密林中	220元
	以下陸續出版	
4.	問題年代	
5.	大愛	
6.	軍旅札記	
7.	給女兒的十二封信	
8.	迷路的詩	
9.	Café Monday	
10.	黯魂	
11.	中國經濟史	
12.	中國人物史	
13.	中國日常生活	

平　路 作品集

1.	玉米田之死	200元
2.	五印封緘	220元
	以下陸續出版	
3.	人工智慧紀事	
4.	在世界裡遊戲	
5.	非非之想	

INK PUBLISHING
文學叢書 055

一人漂流

作　者　阮慶岳
總 編 輯　初安民
責任編輯　高慧瑩
美術編輯　許秋山
內頁設計　劉亭麟
校　對　高慧瑩　阮慶岳

發 行 人　張書銘
出　版　INK印刻出版有限公司
台北縣中和市中正路800號13樓之3
電話：02-22281626
傳真：02-22281598
e-mail:ink.book@msa.hinet.net
法律顧問　漢全國際法律事務所
林春金律師

總 經 銷　成陽出版股份有限公司
訂購電話：03-3589000
訂購傳真：03-3581688
http://www.sudu.cc
郵政劃撥　19000691 成陽出版股份有限公司
印　刷　海王印刷事業股份有限公司

出版日期　2004年5月 初版
ISBN 986-7810-89-9
定價　220元

國家圖書館出版品預行編目資料

一人漂流／阮慶岳著.
--初版，--臺北縣中和市：INK印刻，
2004〔民93〕面；　公分（文學叢書；55）

ISBN 986-7810-89-9（平裝）

855　　93004620

INK

INK INK INK INK INK INK
INK INK INK INK INK INK INK
INK INK INK INK INK INK
INK INK INK INK INK INK INK
INK INK INK INK INK INK
INK INK INK INK INK INK INK
INK INK INK INK INK INK
INK INK INK INK INK INK INK
INK INK INK INK INK INK
INK INK INK INK INK INK INK
INK INK INK INK INK INK
INK INK INK INK INK INK INK
INK INK INK INK INK INK
INK INK INK INK INK INK INK
INK INK INK INK INK INK
INK INK INK INK INK INK INK
INK INK INK INK INK INK
INK INK INK INK INK INK INK
INK INK INK INK INK INK
INK INK INK INK INK INK INK
INK INK INK INK INK INK
INK INK INK INK INK INK INK
INK INK INK INK INK INK
INK INK INK INK INK INK INK
INK INK INK INK INK INK
INK INK INK INK INK INK INK
INK INK INK INK INK INK